Juan Cárdenas
LOS ESTRATOS

EDITORIAL PERIFÉRICA

PRIMERA EDICIÓN: febrero de 2013

ISBN: 978-84-92865-72-7
DEPÓSITO LEGAL: CC-28-2013
IMPRESO EN ESPAÑA – PRINTED IN SPAIN

Para Luciana
Para Ben

Si un pintor quiere unirle a una cabeza humana la cerviz de un caballo y ponerle plumas diversas a un amasijo de miembros de vario acarreo, de modo que remate en horrible pez negro lo que es por arriba una hermosa mujer, invitados a ver semejante espectáculo, ¿aguantaréis, amigos míos, la risa?

HORACIO

Todos los ciudadanos, de aquí en adelante, serán conocidos por la denominación genérica de negros.

ARTÍCULO 14 DE LA CONSTITUCIÓN
HAITIANA DE 1805

Falla

1]

Por la ventana se ve la piscina rodeada de casas
idénticas a la mía, a los hijos de mis vecinos que se
bañan mientras el sol de las seis de la tarde le saca
los últimos destellos al agua. Quizás sea por el bie-
nestar de la escena, con los niños que chillan, las
golondrinas y los chisporroteos, ruidos que lejos
de enturbiar esta calma sedante la pulen desde adentro, no sé si cautivado también por el hecho de que
mi casa está oscura por culpa de un apagón y los
objetos parecen relajados, lo cierto es que me viene a la cabeza un recuerdo impreciso pero que ine-
vitablemente asocio con la felicidad de la infancia:
olor de aguas aceitosas, limo, residuos tóxicos, olor
del mar apretado en una bahía sucia. Quizás haya
algo así como un puerto al fondo del todo, una
ciudad. Pero estas impresiones se disipan de pron-

to, si se me permite decirlo así. Si se me permite decirlo de algún modo. Esto no es tan serio como parece, sólo intento decir algo, poner palabras en la penumbra que crece. Se disipan, digo, y lo que ocurre es que abajo suena el teléfono y nadie contesta. Pegaría un grito para ordenar que contesten, aunque un grito sí que enturbiaría esto que volveré a llamar calma sedante. Afuera todavía hay luz. Adentro sombra. Me quedo delante de la ventana y mientras oscurece, mientras intento imitar el estado de ánimo de las cosas que me rodean, dejo que el timbre del teléfono suene y suene. Es asombroso que el teléfono siga funcionando cuando no hay electricidad. Cuando no hay luz todos los demás aparatos quedan abandonados, inútiles. Son como letreros en un alfabeto distinto. Pero un teléfono, uno de esos teléfonos viejos, negros, con la bocina pesada y el cable como cola de rata, uno de ésos en medio de la oscuridad parece algo vivo que brilla, el ojo de una vaca, la cabeza de un ídolo. El teléfono tiene un poder incalculable en el espíritu. También hay algo bondadoso en las tinieblas que se producen durante un apagón, una sensación de recuperar ciertos valores perdidos. El valor de la oscuridad, por ejemplo. Así como el vaquero no entiende al indio, cualquiera que esté rodeado de electricidad es incapaz de comprender el estado de ánimo de alguien que se encuentra a oscuras. Un tipo llega a su casa. Por alguna razón decide no encender ninguna luz. Avanza a tientas entre sus cosas. Aun así tropieza con la pata de una mesa, con un zapato. Ha estado bebiendo. Camina hasta encontrar su lugar en un rincón apartado de la sala y se sienta en un sofá viejo, lo suficientemente grande y mullido para que la sombra del mueble lo mastique en silencio. El tipo se queda allí, a oscuras, mirando. Mirando nada. Y si alguien, otro habitante de la casa se levantara, digamos, a buscar un vaso de agua y encendiera la luz, si alguien lo viera allí, bañado de pronto por esas irritantes ondas blancas que vienen de la cocina, le preguntaría qué hace allí, a solas, en medio de la oscuridad. Y el hombre tendría que decir algo o no decir nada y levantarse, aunque ya daría igual porque el juego habría perdido entonces todo el sentido. Hay gente que no tiene maña para reconocer esa clase de cosas. Mi mujer, por ejemplo. A ella le gusta la electricidad. No sé por qué suena tan serio todo lo que digo si sólo quiero hablar un poco. Me gustaría que esto no sonara así. Me gustaría decirlo de otro modo, pero uno dice las cosas como puede y no como le gustaría. Una vez conocí a un tipo que se pasaba las horas afilando palitos con un cuchillo oxidado. No hacía nada con los palitos, no los esculpía. Sólo les iba quitando capas. Las virutas se acumulaban en el suelo. Luego tiraba los palitos. Así me gustaría decir las cosas.

Por fin, en la planta baja mi mujer contesta. La voz llega hasta mí en sordina y tampoco me perturba. Podría pasarme al menos una semana entre estas frases hechas y la calma sedante de los chisporroteos. Por el tono diría que es mi suegra. Mi suegra telefonea todos los días desde un lugar que ambas, mi mujer y mi suegra, llaman el pueblo. Nadie diría que mi mujer es una campesina, por los modales y la ropa. Por la forma que tiene de tratar a las empleadas del servicio, que no nos duran ni una semana. Hace el papel de la gran señora, las trata de brujas con una actitud que trasluce agresividad pero también mucho miedo. Y al final las echa. O ellas se van. Pero esta descripción no le hace justicia a mi mujer. Me gusta mi mujer. Tiene el pelo negro y abundante, los ojos del color de la miel, los dientes parejitos y las piernas largas. Me gusta verla bailar, pero me gusta más verla dormir. A veces, por las noches, cuando ella se despierta y percibe que yo llevo horas sin poder pegar ojo, le pregunto cómo era cuando vivía en el pueblo. Ella dice que prefiere no acordarse y se da la vuelta. Últimamente duermo mal y poco. A veces me pregunto cómo será el pueblo. Una vez vi una foto de mi mujer cuando era niña. Me la enseñó mi suegra. Más que una niña parecía un animalito asustado, la mirada huidiza y un vestido blanco que le quedaba grande, seguramente prestado para la foto.

2]

Son más de las doce y no puedo dormir. Salgo a dar una vuelta. Mucho olor a pasto recién cortado, las flores y los ficus gotean. Los aspersores giran en medio del prado, el brillo de las farolas es endeble en comparación con el zumbido que producen. Incluso se pueden ver algunos luceros en el cielo. Pagamos un recibo mensual para que las cosas estén ambientadas así. Al final de la calle adoquinada que discurre frente a la hilera de casas, empieza un senderito de grava roja. El senderito serpentea y se pierde en una zona verde con árboles. Alguien ha apedreado varios faroles. Eso hace que haya algunos puntos muy oscuros y otros que verdean nerviosamente debajo de la luz. El frescor de los aspersores disimula bien el calor. Es muy agradable caminar por el senderito sintiendo cómo la brisa de los aspersores llena el aire con el perfume de los árboles y la tierra húmeda. Cantan mil voces de ranitas. Casi al final, a un costado del sendero, hay una barrera de cipreses adultos que fueron trasplantados de un cementerio demolido hace un par de años. La empresa que se encargó de la demolición es la misma que construyó este complejo residencial y alguien tuvo la feliz idea de traer los cipreses. Por fin, el senderito se interrumpe en unos arbustos que llegan a la altura del pecho. Detrás de los arbustos está la reja de seguridad. Y detrás de la reja de seguridad, una calle en la que no suele haber nadie, ni de día ni de noche. Enfrente siguen las ruinas de la antigua Normal de Varones que, según entiendo, era un colegio donde la gente estudiaba para convertirse en profesor de escuela. El edificio es enorme, de tres pisos, con las paredes descascaradas y verdosas por la humedad. Las enredaderas han tenido tiempo suficiente para invadir casi toda la reja de la fachada. También hay muchos vidrios rotos, un frondoso árbol de mangos y una valla que anuncia la pronta construcción de otra unidad residencial.

De regreso por el senderito, justo detrás de los cipreses, veo el techo de la casa modelo. La casa modelo se construyó para promocionar el proyecto de urbanización entre los compradores. De hecho, al principio sólo estaba la casa modelo en medio de un potrero vacío, algo de maquinaria pesada y un puñado de obreros. Los compradores venían y les mostraban la casa modelo para que se hicieran una idea cabal de lo que estaban comprando. Después de terminar el proyecto, en lugar de demolerla, los arquitectos, siempre ocurrentes, resolvieron dejarla en la zona verde, medio escondida entre los árboles. Desde hace un par de semanas el insomnio me arrastra hasta aquí. Me adentro en el bosque. Paseo un rato entre los cipreses. Remoloneo mucho por los alrededores pero siempre acabo entrando a la casa. Camino por las piezas vacías, me siento en el suelo de la sala. También entro a la pieza de la empleada del servicio, cosa que nunca hago en nuestra casa. Es una pieza enana, demasiado enana, donde apenas hay sitio para la cama, un armarito y la televisión de 14 pulgadas. Asfixiante incluso estando vacía. Camino por el piso de arriba. Entro a la pieza pequeña, la de los hijos que no he tenido, y miro por la ventana, hacia los árboles donde hay zonas de luz y de oscuridad. Voy a la pieza en la que dormimos mi mujer y yo, me vuelvo a sentar en el suelo y enciendo un cigarrillo. A medida que echo las volutas al aire muerto de la pieza, con la mirada perdida en el trozo de cielo que alcanzo a atisbar desde aquí abajo, vuelvo a tener el regusto impreciso de aquel recuerdo infantil: una bahía sucia, un puerto. Y esta vez, con cierta desilusión, me doy cuenta de que la urgencia por recordar me lleva a añadir detalles inventados. Un pelícano que se zambulle. La estela de espuma que por unos instantes agrupa los detritos. Una ceiba donde descansan las garzas blancas.

Las volutas ascienden en espiral antes de disiparse. Una estrella brilla en mi pedazo de cielo y por la pared camina una lagartija muy pequeña. Se queda quieta. Camina. Se queda quieta.

Vuelvo por el senderito, rodeo la hilera de casas y me interno en la plazoleta de la piscina con la intención de entrar por la puerta corrediza de la parte trasera. Como hace calor me desabrocho un par de botones de la camisa. En ésas, salido de la nada, aparece un vigilante. Mi gesto de sorpresa es evidente. El vigilante es nuevo, no debe de llevar más de dos semanas en el trabajo. Me saluda sin disimular que le extraña verme allí. La situación exige un acto de normalización. Hace un calor infernal, digo. Es un muchacho negro y bajito, con seguridad un descendiente de las nobles tribus pigmeas, pero él no lo sabe y sus movimientos emiten señales de incomodidad y desprecio hacia su propio cuerpo. Sí, hace calor, dice y saca a relucir la dentadura. Pailas, dice, así habla, pailas. Luego me pregunta si estoy preocupado por algo. Niego con la cabeza. Después de un largo silencio incómodo confiesa que no dormía cuando tenía muchas deudas y que como estaba tan preocupado tuvo que hacer cosas horribles para poder pagar la plata que debía. Coge confianza. Quiere hablar. Y lo peor es que después de hacer todo eso, dice, nunca recuperé el sueño. Me quedó un cansancio muy maluco metido por dentro, un cansancio que no se me quita nunca. Así vivo, dice, pailas. Y usted... ¿Tiene deudas? No, no tengo deudas. Pues no se endeude, sigue él, no se vaya a ver en lo que me tocó a mí. Eso no se lo deseo a nadie porque entonces ahí sí es cierto que se le desbarranca la vida. Me quedo esperando a que me ofrezca alcohol. Los vigilantes de la unidad tienen fama de borrachos. Pero el tipo no me ofrece nada, se recuesta contra una reja y mira hacia la piscina con aire soñador y pícaro. Qué bonita el agua, dice recibiendo uno de los cigarrillos que le ofrezco. Le juro que con este calor me metería a bañarme. Me metería así nomás, como dios me trajo al mundo. Nos quedamos callados, fumando y mirando el agua inmóvil, de un azul resplandeciente. No, pero invitaría a una amiguita, dice, y me bañaría con ella. Ahora se le sale una carcajada, quizás demasiado estridente para esa hora, quizás el vecino de esta casa se habrá despertado y se estará haciendo preguntas. Si alguien se asomara por la ventana ahora y me viera charlando con el vigilante pensaría que nos estamos emborrachando juntos. Un propietario y el vigilante, un cuadro siniestro que a mí me divierte. Una chimba de piscina, dice. Lástima que nosotros no podamos usarla. ¿Se imagina? Pero imagínese, imagínese que yo vengo una noche bien tarde, como a esta hora, vengo con una peladita, claro, y le digo mami, vamos a bañarnos aquí bien bacano. Nos quitamos la ropa y nos metemos al agua. ¿Se imagina? Aparte las hembras en piscina y de noche se ven todavía más bonitas. ¿Usted ha visto cómo se ven? Nadando por la noche, con esa luz submarina y el agua toda azulita. ¿Se imagina? Entonces sonrío y le contesto que si hiciera algo así vendría otro vigilante y lo sacaría a tiros de la piscina. ¿A mí?, contesta achispado. No, yo no me dejo, dice, usted qué cree. Yo traigo mi fierrito también y si quieren bala, yo les doy. Vuelve a reírse, la misma carcajada estridente. Alguien por fin se asoma a la ventana de la casa. Se consuma la escena y yo actúo con naturalidad, como si fuera la cosa más normal en esta unidad charlar de noche con el vigilante, que no para de hacer ruido. Imagínese yo aquí dándome bala con mis compañeros y la hembra gritando en la piscina y yo ta-ta-ta-ta, gonorreas, por sapos, me los voy bajando uno por uno. Gonorreas. Y el agua toda azulita se mancha de sangre y yo ahí metido como diciendo hijueputas, cómo es conmigo pues y la hembra dizque sos mi héroe, papito, pailas.

3]

Salgo en el carro que ya no es tan nuevo. El muy nuevo se lo llevó mi mujer, que salió bien temprano. El portero me pasa el correo antes de abrir la reja. Le doy las gracias y salgo a la calle vacía, razonablemente limpia. Sólo acacias, almendros, guayacanes. Y no logro recordar el nombre de esos arbustos muy tupidos que se usan para disimular las rejas de los conjuntos residenciales. Hacen que el encierro parezca una cosa natural. Además huelen muy bien, algo entre limón y taller de carpintería. Apenas he dormido dos horas pero no me siento tan mal. Lo único que me molesta es el sol, que hoy pega muy fuerte. Me hace sudar. Siento los ojos como dos buñuelos fritos y tengo que ponerme las gafas de sol.

Tomo la autopista hacia el norte y luego la circunvalar. Así me ahorro el tráfico del centro. Menos de una hora más tarde ya he conseguido llegar al parque industrial. Para entrar al complejo donde está la fábrica es necesario rodear una zona amplia donde se acumulan los desperdicios de varias empresas. Un cartel anuncia que se trata de un vertedero temporal. El cartel lleva allí cinco años. Para mí se ha convertido en un juego aguantar la respiración mientras paso delante de las montañas de desperdicios. Voy contando los segundos. Nunca consigo retener el aire mucho tiempo. Todo lo que respiro después es fétido pero ya ni siquiera me dan arcadas.

Cuando abro la puerta del carro para bajarme el sol apachurra mi cabeza y por las narices me sube todo ese olor inmundo revuelto con el olor del pavimento recalentado. Entro al edificio. Subo tres plantas en el ascensor. En recepción no hay nadie.

Paso directamente a la sala de juntas. Allí me esperan los socios, todos acalorados. Saludo simpático y me siento en la silla vacía. Los seis hombres hablan a la vez y beben jugo de maracuyá que, ahora comprendo, les ha preparado la recepcionista. La muchacha no tarda en entrar a la sala de reuniones para ofrecerme un vaso que recibo con manos resbalosas. El vaso de jugo cae al suelo y estalla. El líquido se esparce rápidamente. Las risas de mis socios también. Uno de ellos empieza: señorita, hágame el favor de no poner nervioso al muchacho. Esto desencadena un pequeño torneo de chistes machistas. La recepcionista sonríe halagada y sale a buscar un trapeador. Bueno, empecemos, digo, intentando que mi tono no parezca demasiado serio. Mis socios son gente bromista. Les gusta la buena vida. Cada uno, a su manera, cree haber encontrado los arcanos del placer y la felicidad. Yo también soy bromista pero nunca he podido congeniar del todo con ellos, quizás porque son bastante más viejos que yo. Por lo general hacemos las cosas con calma, nos reunimos dos o tres veces a la semana y tomamos decisiones puntuales. Nuestras relaciones son fluidas. Sin embargo estoy inmunizado contra su sentido del humor, tan proclive a la exageración y a los juegos de palabras con insinuaciones sexuales o estomacales. Un sentido del humor zafio y poco ingenioso que ellos, sin embargo, consideran el colmo de la elegancia.

Ahora la recepcionista está recogiendo los trozos de cristal y secando el líquido con un trapeador. Procura ser discreta pero acaba obligándome a apartar un poco la silla. Me sonríe y dice perdón, doctor, qué pena molestarlo. Todo esto mientras mis socios discuten no sé qué cosas a las que yo no presto atención. Pongo cara de interesarme pero en realidad estoy pensando en su sentido del humor. No deja de haber algo misterioso en sus chistes. Como si en el fondo quisieran ostentar su mal gusto, ignoro con qué propósito. Una sospecha me hace sudar frío. Siento terror. Terror estúpido, supongo, ante la posibilidad de que ellos sepan bien cuánto me repugnan sus modales estrafalarios, sus esposas mejor o peor siliconadas y su lenguaje indigesto. Horror ante la posibilidad de que su propósito sea justamente producir repugnancia. Son como el diablito de Churupití. El diablito de Churupití era un cuento que me contaba mi nana cuando yo era niño. No me acuerdo muy bien del cuento. Sólo de que había una vez un diablito muy feo que se vestía muy mal. Mi nana se demoraba en la descripción pero la cambiaba cada vez que contaba el cuento. Unas veces tenía un chaleco de cuadros rojos y verdes, unos pantalones morados con un hueco en el culo por el que sacaba una cola negra, como de rata, pero con un remate de pica de baraja. Otras iba con pantaloneta de fútbol, medias de seda con encajes y zapatos de charol. Otras con un sombrero rojo, vestido de mujer y maquillado como una puta y cosas así. La gente se burlaba de él a sus espaldas pero todos le tenían mucho miedo porque al fin y al cabo era el diablo. Tampoco recuerdo que fuera malvado. Se limitaba a jugar en un bosque, a nadar en un río, a bailar en una fiesta y nunca cometía fechorías. Eso sí, tenía una manera de hablar chueca, bien retorcida. Era muy divertido escuchar a mi nana mientras hacía la voz del diablito de Churupití. Es muy posible que fuera una de esas fábulas que sirven para enseñarles a los niños a respetar a los que son diferentes. También es muy posible que yo no haya aprendido la lección.

La recepcionista vuelve con otro vaso de jugo. Lo pone sobre la mesa, me sonríe y hace un gesto que quiere decir cuidado, no lo vaya a tirar otra vez. Le doy las gracias en voz baja y sigo fingiendo que presto atención a la reunión. Los diablitos hablan y echan chistes y se ríen exhibiendo sus prótesis dentales. Son unos diablitos viejos y de mal gusto, pero no dejan de ser unos diablitos. Hay que tratarlos con cuidado. En ningún caso deben notar mi repugnancia, mucho menos mi desconcierto ante sus chistes cada vez más estúpidos y por eso mismo extraños, llenos de un misterio que saben amasar con deleite y que a lo sumo sale a relucir en los detalles, la lengua que humedece los labios, el peluquín que escurre gotas de sudor, la repetición innecesaria de palabras inglesas mal pronunciadas, la peste de las lociones con las que intentan tapar el olor a señor viejo. Alguien me pregunta algo. Soy incapaz de contestar. El viejo que me pregunta repite una por una las palabras. Quiere saber si el año que viene haremos campaña promocional con muestras gratis, para encargarlo todo. La respuesta sonámbula sale de mi boca. El escaso prestigio que tengo en el sector se debe a ideas pendejas como la de las muestras gratis. Más me vale estar alerta.

Entonces llega el momento de las malas noticias. El hijo de uno de los socios, administrador y contable de la empresa, nos hace una presentación con gráficos para mostrarnos que la empresa va mal. Qué tan mal, quiero saber. Mire los gráficos, dice el administrador. Son unos diagramas de colores muy bonitos que me hacen pensar en esos dibujos que venían en los libros del colegio y que tenían cortes transversales de la piel, epidermis, dermis, células adiposas. Estos diagramas son de estadísticas que dicen que la empresa de mi papá se hunde. Pero yo me pongo a pensar en la piel, en la corteza terrestre, rocas ígneas, rocas metamórficas, capa basáltica, capa granítica, rocas sedimentarias, lecho oceánico. El administrador intenta matizar el asunto pero entiendo que no hay paliativos. Si no remontamos, en unos meses tendríamos que hablar de quiebra, dice. Uno de los socios intenta tranquilizarme y me dice que ya se están ocupando del asunto y yo sigo viendo capas de colores, unas flechas que apuntan hacia abajo, desde la capa basáltica hacia las rocas ígneas.

Al final de la reunión nos despedimos con efusivos apretones de manos y tensas palmadas en las espaldas, seguidas por las preguntas de rigor sobre la familia y las aficiones.

Uno de mis socios me acompaña hasta el carro. Cuando ve que estamos lejos de los demás me pregunta con aire paternal si estoy bien y yo le digo que sí, que me preocupa la empresa y que a veces no entiendo cómo es que las cosas, los carros para no ir más lejos, no se derriten con tanto calor. Tenés los ojos hinchados, dice el viejo, que era muy amigo de mi papá y por eso se cree con derecho a darme consejos. Me da un abrazo torpe que, supongo, quiere decir que no nos iremos a la bancarrota sin dar la pelea.

Me subo al carro, doy el rodeo por la zona fétida y paso frente al vertedero sin aguantar la respiración. Me lleno los pulmones con ese aire maléfico. Enciendo el radio y pongo las noticias pero es puro ruido lo que sale. No soy capaz de atender a lo que dicen los locutores. Pienso en el viejo amigo de mi papá y sospecho que intenta probarme, quiere saber si me encuentro en condiciones de seguir en la junta. Cada cierto tiempo juguetea con la idea de apartarme de las decisiones importantes apelando a un historial de locura y rebeldía juvenil forjado por mi padre. Estos viejos son unos demonios. Miro las montañas de basura, que están pobladas. Hay muchos gallinazos. Y también hay un montón de gente que escarba con palas entre los desperdicios. Dos muchachos dejan de trabajar. Abren la boca para gritarme, levantan la mano y se ríen.

4]

Este centro comercial pretende replicar el ambiente tropical. Hay bulevares y jardines con especies vistosas de plantas y palmeras, tamarindos, tomates de árbol, chontaduros y fuentes. El año pasado introdujeron unas lagartijas ornamentales. Creían que podrían controlar la población pero al final se han convertido en una plaga. De hecho, ya no parecen tan bonitas. Antes todo el mundo se detenía a observar el trazo de las escamas o las manchitas negras que resaltan los tonos de púrpura y verde. Ahora que están por todas partes la gente las ignora. Se han vuelto vulgares, casi como palomas. Suelo almorzar aquí cada vez que regreso de una reunión en la fábrica. Hay un sitio donde hacen buen sushi. Las mesas están en un lugar relativamente silencioso, protegidas por parasoles y la proximidad de una fuente refresca el aire. Mientras espero a que me traigan la comida, un hombre con el pelo engominado se acerca a mi mesa y me entrega un volante donde anuncian la apertura de un local nocturno. Arrugo el papel y me quedo mirando al hombre del pelo engominado que ahora charla con otros clientes. Lleva ropa de marca y su exceso de amabilidad, su descarada lambonería me irritan. Tengo que cerrar los ojos. Así, a ciegas, las voces llegan muy atenuadas por el sonido de la fuente y por la música japonesa de koto, que de repente parodia mi esfuerzo por relajarme. Dejo que la risa defina la musculatura del rostro. Respiro hondo. Siento que mis ojos palpitan desde adentro, como si algo luchara por salir del cascarón. Siento también el cableado eléctrico que se ramifica desde los ojos en dirección al pecho y las extremidades. Pero el ruido de fondo discurre sin interrupción y es imposible no entregarse mansamente a su retórica, con la fuente y el koto y con la consciencia de que todo ese escenario de relajación es ridículo y que la risa de Buda aparece así nomás, incluso entre las baratijas con que se intenta evocarla desde un restaurante japonés de centro comercial. Por fin, tanta tranquilidad ablanda el cuerpo y es entonces cuando vuelve a surgir el recuerdo o su fantasma y yo me dejo arrastrar sin que me importen los detalles añadidos o la utilería. Reconozco bien esa zona del puerto, sólo que ya no estoy mirando desde el agua de la bahía, sino desde tierra. Ese lugar es real. He estado allí muchas veces. Hay una plaza, un pedazo de chatarra sobre un pedestal que es el monumento al progreso de la ciudad, un parqueadero y a un costado, una manzana con edificios de distintas épocas, unos muy recientes y feos con cristales ahumados y otros más antiguos, de estilo decó o republicano, en un estado lamentable. Soy un niño muy pequeño, de unos cinco o seis años. Mi nana me lleva de la mano y unos pasos por delante camina mi papá, que de vez en cuando se gira para ver si todo va bien. Sin ninguna transición, mi papá desaparece y ahora estamos mi nana y yo solos en una cafetería. Yo estoy bebiendo un vaso de kumis frío. Ella no bebe nada y me mira angustiada. Se hace de noche. Mi nana y yo caminamos por los alrededores del puerto. Las grúas descargan contenedores de los barcos. Me pone triste pensar que mi papá no regresa pero no quiero molestar a mi nana con lamentos. Ella está triste y su tristeza, tan poco habitual, encierra para mí un secreto profundo ante el cual debo guardar la compostura. Soy un niño pero ella me ha enseñado a reconocer y reverenciar ese estado de ánimo que es como un caldo oscuro que se ha estado cociendo durante siglos a fuego lento y que ella debe remover con un cucharón de palo y probarlo cada cierto tiempo. Caminamos hasta un muelle. La luna se refleja en el agua sucia. Al otro lado de la bahía hay casitas que botan luz por ventanas y puertas. El recuerdo se disipa cuando siento la leve presión de una mano en el pecho. Abro los ojos. Es el tipo del pelo engominado. ¿Se encuentra bien? ¿Le puedo ayudar en algo? Eso dice el tipo con su sonrisa de lambón. Pasa un rato hasta que me doy cuenta de que tengo los ojos llenos de lágrimas y que debo de llevar un buen rato sollozando. Vienen dos meseras a interesarse. Un cliente. Y entonces tengo que salir de allí corriendo.

5]

Me gusta visitar a mi tía. En su casa siempre hay alguien en el antejardín tomando el fresco y viendo pasar gente desde una silla, a la sombra de un guamo. La gente que vive en la casa o que, como yo, va de visita, suele reunirse allí afuera cuando cae la tarde. Se cuentan cosas y se comen guamas y se van reuniendo las pepas y las cáscaras en una bolsa a medida que oscurece. Así son las cosas en la casa de mi tía, que en realidad no es mi tía, sino una prima lejana de mi papá, perteneciente a una de las ramas humildes de la familia. Las costumbres de su casa no tienen nada que ver con las que me inculcaron en la mía. Quizás por eso me gusta visitarla. Por lo general intento venir al atardecer, para poder participar de la charla bajo el guamo, pero hoy he llegado muy temprano. El sol todavía pega y aún falta mucho para que oscurezca. A esta hora los dueños del antejardín suelen ser los hijos de mis primos, que usan las pepas de guama para fabricarse aretes, narigueras y uñas postizas. A eso le llaman jugar a los indios. Esta tarde hay dos niños. Uno de ellos se ha cubierto el rostro con pepas de guama y otras semillas y hojas que ha encontrado por ahí. El otro, con la cara untada de témperas de colores, está acurrucado y hace sonidos de animales. Están muy concentrados en el juego y no me gustaría molestarlos, así que me quedo detrás de la reja. El que tiene la cara cubierta de semillas corre en círculos y emite un sonido que sería uniforme si los saltos no lo hicieran fluctuar. El otro sigue acurrucado en un rincón y ruge. Luego salta. Luego vuelve a acurrucarse, cierra los ojos y se agita como una cosa a punto de estallar. El de la cara llena de semillas deja de dar vueltas y se acerca intrigado para ver cómo se agita el otro. Este estado se prolonga quizás demasiado. Por un momento ninguno de los dos sabe muy bien lo que debe ocurrir a continuación. Uno sigue acurrucado, agitándose, y el otro, mirando. El juego parece haber llegado a un punto muerto. El de la cara de semillas mira a su alrededor y busca algo que pueda sacarlos del atasco. Agarra una guama seca que se ha caído del árbol, larga y elástica, y le pega un fuetazo en la espalda al que está acurrucado. Se trata de un gesto tan radical, tan violento que ambos se quedan estupefactos. Se miran fijamente. El rostro del niño que está acurrucado se arruga poco a poco. Los pómulos tiemblan, la boca se retuerce. El llanto estalla con un alarido furioso. Y yo sigo ahí, espiándolos detrás de la reja, conteniendo mal la risa, cuando salen dos primas y mi tía a ver lo que ha ocurrido y entonces las tres empiezan a preguntar qué pasó, qué le hizo, por qué llora. Los niños se muestran incapaces de explicar nada, mucho menos el agredido, que está muy ocupado chillándole a su mamá. Cada prima se encarga de regañar y consolar a su respectivo hijo.

Por fin, mi tía se da cuenta de que estoy detrás de la reja y me mira, al principio con cara de pánico y luego sólo con una sonrisa medio amargada por la preocupación. Y vos qué hacés allí, gran pendejo, dice, me asustaste.

Me hace pasar a la cocina y me sirve una taza de café negro recién colado. Sentate aquí, dice y arrastra una silla para que la acompañe a la mesa mientras desgrana las mazorcas. Le pregunto si el maíz es para hacer arepas y dice que no sólo, que también es para preparar chicha. ¿Chicha?, pregunto. ¿Vos sabés hacer chicha? Sí, claro, dice. Pongo cara de asombro y le pregunto cómo la prepara. Agarro el maíz cocido, dice, lo muelo bien molido, le echo la panela y cáscaras de piña para que coja más sabor, luego lo meto todo en una olla de barro y esa olla se entierra varios días en el patio para que fermente. Cuando haga te doy a probar, dice. Las primas se sientan con nosotros en la mesa y se ponen a desgranar el maíz en silencio. Así nos pasamos un buen rato. Lo único que se escucha es el ventilador de la cocina. El reloj. El ronroneo de la nevera. La televisión a bajo volumen en una de las piezas. Los pajaritos que trinan desde sus jaulas en el patio trasero. Una de las primas se levanta para ir a buscar la olla del café. Los granos del maíz se acumulan en una paila de aluminio. Cuando termina de rellenarme la taza, mi prima se vuelve a sentar y elogia la calidad del grano. La tía dice que eso no es nada, que ya no se ve buen maíz, que el de ahora es de plástico y que en sus tiempos ese maíz no habría servido ni para dárselo a las gallinas. Luego añade que las gallinas tampoco son como antes precisamente porque el maíz es malo. Y que como las gallinas son malas, el sancocho tampoco sale bueno y que como el sancocho no sale bueno, es normal que las cosas estén todas tan mal. Pero lo peor son los huevos, dice. Los huevos de ahora son pequeñitos, todos iguales, del mismo color. Y cuando uno los quiebra sale una yemita, dice la tía poniendo una voz muy aguda y alargando la *i* para dar a entender que se trata realmente de una yema diminuta. Entonces la otra prima, la que lleva callada todo este rato, dice que ella no está de acuerdo, que ahora se pueden criar unos pollos grandísimos. El mes pasado, dice, estuvimos en una finca donde hacen un sancocho de gallina para levantar muertos. La dueña es una señora que estudió ingeniería agrícola y cría sus propias gallinas. Y viera qué gallinas. Y qué huevos. Unos huevos así, vea, como de este tamaño, no le miento. Y todos menos la tía arqueamos las cejas en señal de asombro. La tía, escéptica, agacha la cabeza y sigue desgranando el maíz y refunfuña en voz baja, oigan a ésta, dizque huevos de avión. El silencio se hincha. La televisión. El reloj. Los pajaritos. Los últimos granos de maíz. Las mujeres se levantan de sus sillas y van a lavarse las manos en la pila con el jabón azul de lavar la ropa. Yo prefiero ir a la pieza donde los niños están viendo tele. Me apoyo en el umbral. El de la cara cubierta de semillas se ha quedado dormido. El otro mira atento los dibujos animados. Una nube de color púrpura se aproxima a un pueblo del Oeste. Al paso de la nube el pueblo desaparece. Un caballo logra escapar. La nube lo persigue y cuando lo alcanza, el caballo queda reducido a un esqueleto que sigue corriendo desbocado, hasta que tropieza con un cactus y acaba derrumbándose con un sonido de marimbas. La nube púrpura continúa. De repente se detiene. Se agita, tose con fuerza y escupe las vías de un tren, una torre de alta tensión, una familia de erizos.

Camino hasta la pieza contigua. Abro la puerta para que entre algo de luz del corredor. El mosquitero blanco en la penumbra y las cosas haciendo equilibrio al filo de un desorden tolerable. Entro a la pieza, abro el mosquitero y me recuesto en la cama. Así, medio a oscuras. Las mujeres discuten y se ríen y eso me hace sentir bien porque pienso que se han olvidado de mí. A través de la gasa del mosquitero puedo ver la mesita de noche y sobre ella, la pequeña bandeja de metal donde hasta hace poco se ponían las jeringas. Hay también frascos de remedio amontonados, una imagen del Sagrado Corazón, una edición escolar de *La vorágine*, muy manoseada, dos tanques de oxígeno que deben de estar todavía medio llenos. Cierro los ojos. Dentro del cuerpo, una vibración tenue y constante. Será el cansancio, la falta de sueño. El mosquitero crea una burbuja acústica alrededor de mi respiración. Hace ya tres meses que el esposo de mi tía murió en esta pieza y todavía no se han atrevido

35

a tocar nada. La puerta se mantiene cerrada. Nadie entra. Para los niños es como si no existiera. La pieza está entre paréntesis, pero es aquí donde se fabrica todo el aire que se respira en la casa. Y no es solo una cuestión de luto. Así ha sido siempre. La muerte sencillamente ha intensificado los poderes del tío. Al final no parecía listo para marcharse al otro lado. Todavía tenía ganas de vivir, los ojos vivaces y escondía las manos para que no se le notara el temblor. Se murió pensando en el fondo que todo el asunto de su enfermedad debía de ser un malentendido. Todo lo contrario que mi papá, muerto en vida durante los últimos años de su convalecencia.

El tío había militado en el Partido Conservador durante La Violencia, con apenas quince años. Yo creo que se hizo chulavita no tanto por convicción como por imitar a mi abuelo, el rico de la familia. Él mismo, después de unas cervezas debajo del guamo, me contaba sus hazañas. No se podría decir que disfrutara con la descripción de las atrocidades. Tampoco le fastidiaba relatarlas. Hablaba con voz mansa, vagamente divertido, como alguien que cuenta una pesadilla y no se da demasiada importancia. Sólo presumía de su precoz habilidad con el machete. Un día habló de la primera vez que le tocó descuartizar a un hombre. Lo obligaron, dijo, a cortarle primero los miembros. Primero un brazo, luego el otro y así, dejando la cabeza para el final. El tío se jactaba de haber hecho el trabajo en cinco tajos limpios. También contó que luego, como era la costumbre, compusieron una especie de adorno floral con las partes, metiendo brazos y piernas en el agujero que había dejado la cabeza en el tronco. Yo le pregunté para qué hacían eso. Después de darle vueltas en silencio, me dijo que no sabía muy bien, pero que a los jefes les parecía chistoso. Le pregunté si a él le parecía chistoso y me contestó que a veces sí. Imaginate eso, dijo, como una máquina rara, hecha de pedazos, con una pata aquí, un brazo por allá, las pelotas colgando. Yo lo pensé un momento y como se me salió una sonrisa no me quedó más remedio que darle la razón. Era chistoso. Y no era chistoso. Qué miedo, le dije. Y él abrió los ojos y soltó un gemido. ¿Miedo?, dijo. Pavor, mijo, Virgen Santa. Los gritos que pegaba el indio masón ese. No paró de gritar ni siquiera cuando le moché la cabeza. La cabeza sola seguía gritando pero el grito se oía como que le salía del pecho. Y cuando los muchachos armaron el florero, la máquina enterita seguía sonando con pies y manos y todos se reían menos yo, que estaba boquiabierto viendo esa cosa, ese aparato que más que florero parecía una antena, una antena que no dejaba de botar señal, un pitido muy agudo que los demás no escuchaban y que iba cogiendo cada vez más forma de palabra y con tanta carcajada yo no podía entender lo que decía. Y yo quería saber qué decía, si era que decía algo. Pero con tanta carcajada no se podía oír nada y ésta es la hora que sigo preguntándome qué era esa cosa y qué era eso tan urgente que tenía que decirme.

6]

La puerta se abre. Mi tía entra a la pieza y aparta el mosquitero con cuidado. Cuando ve que no duermo me pregunta si estoy bien. No, le digo, llevo días con insomnio. La tía me pone la mano en la frente. Tiene la piel de los dedos fría y reseca, olorosa al jabón azul de lavar la ropa. Hay algo que me está molestando, digo. Ella se queda callada con esa manera suya de dar a entender que puedo confiarle cualquier cosa y se sienta en el borde de la cama. ¿Vos te sabés el cuento del diablo de Churupití? La pregunta la deja perpleja y suelta una risotada. Dice que no, que no se lo sabe. Pues es que llevo desde esta mañana pensando en ese cuento, le digo, de un diablo que se vestía muy mal, pero no me acuerdo bien. Era un cuento que me contaba mi nana cuando yo era chiquito. Y la cosa es que llevo un tiempo con un recuerdo que me viene a la cabeza. Un recuerdo del puerto, en el que aparece mi papá y mi nana pero todo está desmembrado, le digo, en imágenes sueltas. Y cuando el recuerdo viene tengo algo así como la intuición de algo inminente, como si la forma del recuerdo estuviera a punto de revelarse y entonces siento un golpe caliente de dolor aquí en el pecho y la revelación no se produce nunca. Ahora la cara de mi tía ha cambiado bruscamente. Ya ni siquiera sonríe. Parece un poco ausente. Me apresuro a aclararle que no es para preocuparse y le digo cosas frívolas como que después de los treinta y cinco todo el mundo hace balance y se deprime. No quiero que la tía piense, como mis padres, que estoy loco. Ella me toma de la mano y me pregunta si las cosas con mi mujer van bien. Quizás ya lo piensa. Contesto con evasivas. La complicidad entre nosotros de repente se pudre. Así me gusta, dice. No sé si me está ocultando algo o si es que teme una de mis recaídas, como dice ella para no decir que se me pelan los cables.

En ésas entra la prima para anunciar que ya está todo amasado y la tía aprovecha para levantarse. Me vuelvo a quedar solo dentro del mosquitero, mirando las cosas del difunto a través de la gasa. Empieza a llegarme el olor de las arepas que se están asando en la cocina mientras miro la mesa de noche. Me doy cuenta de que hay un rosario de cuentas muy pequeñas atrapado entre las páginas del ejemplar de *La vorágine*. Saco el brazo del mosquitero y agarro el libro con cuidado para que no se pierda la página marcada, pero la maniobra es tan torpe que el rosario se cae al suelo. De todos modos hojeo el libro, que está lleno de anotaciones a lápiz con letra nerviosa. Es raro que el tío no hubiera leído la Biblia en su lecho de muerte. En lugar de eso estaba, según se ve, muy metido en la lectura de este libro. Leo al margen: *Esto es lo que le pasa a uno cuando...* En las mismas líneas hay una parte subrayada que dice: «inclinaba la cabeza sobre el pecho para escuchar un tenaz gorgojo que le iba carcomiendo el corazón». ¿Esto es lo que le pasa a uno cuando qué? No parece haber ninguna respuesta en ésa ni en ninguna otra página. Todas las notas al margen son así, frases rotas, insinuaciones o comentarios vacíos del tipo: *Ja, el caimán.* O bien: *Así hay que tratar a las mujeres.* O bien: *Es el fin del mundo.*

Salgo al antejardín y me siento en una silla de plástico debajo del guamo. Ya está empezando a caer la tarde. Se sabe por el chillido de las golondrinas, además sopla una brisa fresca que sólo se siente a esta hora. Me dispongo a seguir hojeando el libro. Me gustan los comentarios del tío porque no son pretenciosos. Al revés, son como una burla involuntaria del género de las reflexiones profundas del moribundo. Apenas alcanzo a abrir el libro cuando me interrumpe la prima preguntándome si quiero probar las arepas. No, no quiero probar las arepas, gracias. Entonces aparece un tipo en la reja de la entrada. Gafas oscuras, traje negro, corbata. Es el hijo mayor de la tía, que tiene mi edad pero parece mucho mayor. Sonríe con todos los dientes y se me acerca. Tiempo sin verte, dice. Cierto, es que ando muy ocupado, contesto. La prima le pregunta si quiere probar las arepas y él dice que sí, que nos traiga a ambos. Le digo que no quiero, pero él insiste tanto que acabo aceptando. Se quita la chaqueta y la cuelga en un asiento de plástico junto al mío. A partir de ese momento se pone a hablar sin parar, presume de las cosas que se ha comprado, de las inversiones que está haciendo, de lo bien que le salen los negocios. Dentro de poco se convertirá en un tipo asqueroso como mis socios. Eso pienso cuando veo que lleva gemelos de oro con forma de espada. Él siempre se alegra de verme porque con el paso de los años me he convertido en su espejo invertido, el pozo oscuro donde abreva su relato personal: el del hombre triunfador, que empezó de muy abajo y ha conseguido lo que deseaba gracias al esfuerzo y al talento individual, todo lo contrario que yo, el heredero mediocre, el tipo que disfrutó de lo mejor desde el principio y jamás supo aprovechar las oportunidades. Por suerte llegan las arepas y el café. Así, con la boca llena, no tengo que responder nada. Lo dejo hablar y me pongo a mirar el guamo, la brisa hace castañear las hojas. Cae la tarde. Las arepas con el choclo recién molido están deliciosas. Pronto se nos unen las primas y la tía. Los niños salen también a jugar. La conversación se anima. Me siento repentinamente feliz. Hasta hace poco había una cometa atrapada en el enredo de cables junto al poste de la luz. Debió de caerse con la tormenta de la semana pasada. Los cables parecen echarla de menos.

7]

Todavía hay mucho tráfico, mucha gente esperando el transporte para volver a su casa. Caras sudorosas. El alumbrado público resalta los gestos de cansancio. Pitos. Avanzo a vuelta de rueda. Suena el teléfono. Es mi mujer. Quiere saber dónde estoy y a qué hora pienso regresar. Le contesto que voy de camino a una galería. ¿A una galería? Sí, digo, voy a encontrarme con la psiquiatra. Acabo de hablar con tu tía, dice ella. Silencio. Me comentó que se había quedado preocupada por vos. El atasco parece romperse delante de mí. Tengo que colgar, digo. Aprieto el acelerador y avanzo varias cuadras hasta el siguiente semáforo en rojo, donde la cosa está definitivamente más despejada. Vuelve a sonar el teléfono. ¿Qué pasó? Me agarraste en medio de un trancón, respondo. ¿Estás bien? Tu tía me dijo que andabas diciendo cosas raras. Estoy bien, sólo que anoche no dormí nada, ¿no te diste cuenta? No, dice, caí profunda. Silencio. Le digo que mejor hablamos cuando llegue a la casa, me despido y cuelgo.

Entro a un parqueadero. Un tipo con un trapo rojo en el hombro me indica el agujero donde tengo que parquear el carro. Luego me entrega un recibo donde ha anotado la fecha y la hora de entrada.

Camino por una acera mal iluminada, llena de almendros y edificios viejos. La galería funciona en una casa de una sola planta, vieja también. En la fachada hay una vitrina con una pantalla de plasma en la que se ven imágenes de una batalla campal entre la policía y un grupo de indígenas que responden al ataque lanzando piedras. Dos muchachas con pinta de modernitas miran las imágenes.

La galería está llena de gente, todos beben el reglamentario vino en vaso de plástico. No conozco a nadie, aunque algunos me suenan y les sonrío desde lejos. Lo único que se expone hoy en la sala, aparte del video de la fachada, es una impresionante montaña de piedras que llega hasta el techo y ocupa más de un tercio del suelo. Cada piedra está envuelta en un papel, bien sujeto con una fina cuerda de cabuya. Según el folleto, el artista ha dado un salto cualitativo hacia el arte político y las hojas

43

que recubren las piedras son cartas escritas por los indígenas de una comunidad muy afectada por la violencia. La idea es que la gente no sólo compre las piedras, sino que luego las arroje donde cada cual lo considere oportuno, «prolongando el acto de protesta». El artista también plantea un juego consigo mismo y con el espectador, explica el folleto, dado que nadie puede acceder al contenido de las cartas, ni siquiera el propio artista, que se ha limitado a encargarlas. El artista define la instalación como una «montaña de silencio indignado». Me da pereza leer el resto del texto. Apenas le echo un vistazo por encima y veo resaltados en negrita los nombres célebres, un poeta rumano, un filósofo austriaco, un artista italiano. Nombres, nombres.

Viene a saludarme uno de los tipos que no conozco. Me estrecha la mano con familiaridad y me dice que estoy invitado a venir a la oficina. Debe de ser el galerista. Por supuesto se ha equivocado de persona pero igual lo sigo hasta el fondo del local y entramos a un pasillo oscuro lleno de cuadros embalados. Por ahí accedemos a un patio techado con una cubierta de cristal. Hay gente sentada alrededor de una mesa de madera llena de botellas y vasos. No sé qué hago allí. Tendría que volver a la sala y esperar a mi psiquiatra como habíamos acordado. Me ofrecen un asiento, me ponen un vaso de whisky en la mano, me preguntan mi opinión sobre la exposición. Digo dos pendejadas, menciono una frase muy famosa del filósofo austriaco como para salir del paso. La gente, sin embargo, me toma muy en serio y un clima de gravedad se apodera de la mesa. Una muchacha modernita que está sentada al otro extremo, entusiasmada, dice que el horror supremo sólo puede conjurarse a través del túmulo, la forma más elemental del monumento fúnebre, y sugiere que esta pieza estaría mejor expuesta en un espacio público, o mejor, en medio de una montaña, como una obra de land art. Ahí el túmulo funcionaría como una cicatriz casi invisible y eso le daría mayor relieve a la acción, dice. En ese momento me doy cuenta de que un tipo gordo con el pelo largo (¿el artista?) está grabando la conversación en video. Me quedo bloqueado. No puedo decir nada más. Por suerte otros intervienen. Hablan del silencio indignado, alguien menciona al poeta rumano. Otro dice aura. Otro dice mercancía. Otro dice documento. Mi psiquiatra debe de estar ahí afuera, esperándome. ¿Cómo mierda me metí aquí? Me bebo el whisky de un trago, pido disculpas y me levanto entre las protestas de los que se quedan sentados. Ahora vuelvo, digo. Atravieso el pasillo oscuro y regreso a la sala. Doy una vuelta entre toda la gente que sigue ahí charlando, haciendo esfuerzos por emborracharse sin tropezar con la montaña de piedras. Hay ambiente de fiesta. Mi psiquiatra no aparece. ¿O habrá venido y al no encontrarme se marchó? Se me ocurre llamarla pero me doy cuenta de que he dejado el teléfono en el carro. Salgo de la galería, me pongo a caminar delante de la fachada. Los almendros de la acera impasibles en el aire estancado. De pronto me quedo prendido de la televisión de plasma viendo cómo los antimotines arrojan gases lacrimógenos. La proyección va sin audio. Sólo imagen. Gestos de pánico que se deforman en cámara lenta. Hay algo chirriante que hace que las imágenes parezcan falsas, quizás la diferencia entre la ropa que llevan los indígenas y los uniformes futuristas de los antimotines, con sus cascos, sus corazas, sus escudos de polietileno transparente. Un anacronismo. El paisaje dulce de suaves montañas verdes tampoco se solidariza con la verosimilitud. Me recuerda a los pesebres que hace la gente en sus casas para Navidad usando musgo, cajas, papel de colores y un montón de figuras de plástico de distinta procedencia. En esos pesebres no es raro ver un pastor siete veces más grande que una casa o una manada de dinosaurios a pocos pasos de un rebaño de ovejas, junto a la cascada de papel aluminio. Un francotirador nazi, un indio del Oeste, un Juan Valdés con su mula. Ésa es más o menos la clase de falsedad o de arbitrariedad o de capricho que me transmite el video. Pero no, las imágenes no son falsas.

Casi todas fueron tomadas por el artista en los disturbios del año pasado, cuando los indígenas bloquearon la carretera. Otras están sacadas de los noticieros.

Ni rastro de la psiquiatra. Creo que he cometido un error al haberme bebido de golpe el vaso de whisky. Estoy un poco mareado. En ésas sale la modernita entusiasta que hablaba del túmulo en el fondo de la galería. Enciende un cigarrillo, me ofrece. No, gracias, digo, enseñándole mi propia cajetilla. Fumamos un rato y sonreímos. Le explico que estoy esperando a una amiga, ella dice que ya está cansada, que tiene ganas de irse a su casa. Me gustó mucho el comentario sobre el túmulo, le digo. Es una jovencita insolente, pero parece muy receptiva a los halagos. Sonríe con una esquina de la boca y me dice que a ella le pareció muy inteligente lo que yo había dicho y que le había dado pena que me hubiera marchado. Luego me pregunta a quemarropa si quiero acompañarla a tomar una cerveza. No puedo, contesto, tengo que esperar a mi psiquiatra. ¿Su psiquiatra?, dice, pensé que esperaba a una amiga. Es mi amiga, aclaro, pero hace años era mi psiquiatra. Me pregunta medio en broma si estaba enfermo y le digo que sí. ¿Estuvo internado alguna vez? Sonrío, algo asombrado por lo imprudente que es y le contesto que sí, que estuve internado dos veces. Quiere saber cómo es el manicomio. No sé, no me lo habían preguntado nunca, tendría que pensarlo, digo. Podríamos ir a tomar una cerveza, insiste, así me cuenta. Miro alrededor, buscando no sé qué, como si mi psiquiatra fuera a surgir inesperadamente de detrás de un árbol.

Camino con la modernita por la acera de los almendros. En la esquina giramos a la izquierda, andamos otras dos cuadras y entramos a un bar lleno de jovencitos donde suena a todo volumen la música que yo escuchaba hace quince o más años, una música que ya era vieja entonces. Todo indica que se ha puesto de moda otra vez. O quizás nunca pasó de moda. La modernita tiene que acercarse a mí para hablarme. Siento sus labios rozándome la oreja, la mejilla, el olor de su saliva. ¿Le gusta? Qué cosa, pregunto. No sé, el lugar. Le digo que la música está bien. Ella quiere impresionarme y empieza a recitar los nombres de las bandas inglesas de la época y yo pienso en un gran basurero de nombres, una montaña de residuos de plástico no biodegradable, pienso en la gente que escarba con una pala entre los nombres, uno de ellos me hace señas, se ríe. Han encontrado algo en la basura. La modernita me agarra la mano. Entonces veo las caras de los jovencitos, todas lozanas, frescas. La modernita se pone a bailar. Yo bailo. Me siento idiota y bailo. Le hago señas de que voy a buscar una cerveza a la barra, pero en realidad caracoleo sigiloso hasta la salida, empujando discretamente a los muchachos para abrirme paso. Una vez que logro salir a la calle corro como loco. Alguien grita a mis espaldas. Por si acaso no me doy la vuelta y sigo corriendo. Es la segunda vez en el día que tengo que salir corriendo. Y es la segunda vez en menos de una hora que me dejo arrastrar a cualquier parte por cualquiera. Necesito hablar de esto con alguien.

Llego al parqueadero, le entrego el recibo al tipo del trapo rojo y me subo al carro. Tengo varias llamadas perdidas de la psiquiatra. La llamo pero no me contesta.

Un rato después, cuando estoy a punto de llegar al conjunto residencial, suena el teléfono. Es la psiquiatra. Ambos ofrecemos explicaciones confusas y al final no logramos aclarar en qué momento nos cruzamos. Qué pena, dice ella y me pregunta para qué quería verla. Le cuento el episodio del centro comercial, le digo que últimamente no duermo muy bien. La psiquiatra se queda callada un segundo. ¿Podés venir a mi casa?, dice. Ya es muy tarde, respondo, no te quiero molestar. Ella dice que no es molestia, que de hecho tiene ganas de hablar conmigo, que hace mucho no nos vemos. ¿Estás segura? Estoy segura, dice, vení a mi casa.

Cuelgo. Hago un giro prohibido aprovechando que la calle está vacía y me devuelvo a la autopista.

8]

La psiquiatra vive en una casa enorme junto al río, una casa que parece no tener fondo, con tres patios, un jardín interior con techo de cristal, muchas piezas y varios gatos. Cuando abre la puerta me da un beso en la mejilla. Tiene ojeras, los pómulos muy marcados, el pelo corto y canoso. Parece haber perdido mucho peso en los últimos meses o quizás sólo sea el overol, que le queda muy holgado. El olor noble a cosas viejas restauradas me llena los pulmones. Es una coleccionista compulsiva de antigüedades. De hecho hace ya años que se retiró de la psiquiatría y vive de la compra y venta de muebles y objetos raros que ella misma restaura. Me pide que la acompañe al fondo, donde tiene su taller, una pieza llena de herramientas y cachivaches con olor a trementina. Los gatos se restriegan contra las patas de los muebles y maúllan. Ella agarra la lata de comida que está encima de un armario y les llena un cuenco ancho y plano. Las colas de los gatos forman una especie de candelabro que se retuerce alrededor de la comida. Ella los acaricia en el lomo, luego me pide que me siente y señala un sofá tapado con una sábana blanca llena de manchas de pintura. ¿Y entonces?, dice, nos cruzamos.

Suele entrar a las conversaciones con esa clase de vaguedades. Voy a seguir con esto, anuncia y se acerca a un tocador viejo que yo habría tirado a la basura sin pensarlo dos veces. Revuelve en la herramienta y encuentra una espátula con la que va desclavando la tabla que recubre la parte trasera del tocador. Sí, nos cruzamos, le digo, nos cruzamos como fantasmas. Ella observa que siempre estoy hablando de fantasmas o de zombis, dice que son dos de mis metáforas favoritas para referirme casi a cualquier cosa, que veo el mundo a través de ese velo. ¿Velo?, digo. Sí, dice ella, el velo con el que ves las cosas. Me río y le cuento lo que ocurrió en casa de mi tía esta tarde, cuando me recosté en la cama debajo del mosquitero. Ella también se ríe y sigue sacando los clavos oxidados uno a uno y los va metiendo en una bolsa de plástico. ¿Por qué te recostaste precisamente en esa cama? Yo le digo que no sé. Quiere saber si me sentía cómodo dentro de la gasa. No tengo que pensarlo demasiado. Sí, digo, pero me arrepiento de inmediato porque temo que quiera llevar el asunto a la telenovela edípica, el mosquitero como placenta, mamá y papá. No dice nada. Está concentrada en el esfuerzo de sacar otro clavo sin dañar la madera. No es una placenta, le digo. ¿Eh? Qué cosa, dice. El mosquitero no es una placenta. Ah, no estaba pensando en eso. Un gato pega un brinco y se sienta en el sofá a una distancia prudencial. Estiro la mano para acariciarlo. El animal no disfruta el contacto y se levanta. Luego se acomoda en el brazo del sofá, lo suficientemente lejos de mi mano. Estaba pensando, dice ella, en una máquina. Le pido que me explique. El mosquitero como una máquina. ¿Qué tipo de máquina? No sé, dice, hace años que no soy tu psiquiatra, me puedo permitir ser irresponsable y hacer ciencia ficción con vos. Nos reímos. Hay whisky y hielo en la nevera chiquita. Me levanto, preparo los tragos y le doy un vaso. Vuelvo a sentarme en el sofá. Está bueno, digo, sabe mucho a madera. Ella sigue trabajando. Alguien que no la conociera podría pensar que está ausente, con la cabeza en otra parte, pero es el tipo de persona que se maneja bien haciendo varias cosas a la vez. Intento tocar al gato de nuevo. No le gusta mucho pero igual se deja.

Vení, necesito ayuda, dice. Me acerco al tocador. Ella acaba de sacar los últimos clavos. Entre los dos desmontamos la tabla. El dorso del tocador queda abierto, la madera podrida, una capa de periódicos viejos protegiendo el reverso del espejo. Una nube de polvo muy fino se ha levantado y ahora revolotea alrededor de la luz. Qué asco, digo, esto está vivo. Ella se ríe y se pone guantes de látex para poder sacar los periódicos. Luego le ayudo a desmontar el espejo, que está medio carcomido por un hongo. Vivo y enfermo, dice ella. Aquí tengo trabajo para varias semanas. Se aparta del tocador y lo mira como si fuera un paciente grave, fría pero cordial, el vaso de whisky en la mano, el culo medio apoyado contra una mesa. Bebe un sorbo. Yo agarro los periódicos viejos y me siento en el sofá a hojearlos. Son realmente viejos, de los años 30. ¿Qué te pasó hoy en el centro comercial? Sujeta el vaso de whisky a la altura del mentón. Un maullido se acurruca en el silencio hondo que sale de la espalda abierta del tocador. Tomo impulso. Respiro hondo. Creo que ya no quiero hablar. No sé, le digo dejando los periódicos a un lado, no sé explicarlo, se me forma como un recuerdo que todavía no tiene, que no tiene, eso, forma, veo cosas sueltas, a mi papá y sobre todo, veo a mi nana, vamos ella y yo por el puerto, como si estuviéramos perdidos, se hace de noche, nos vamos a ver cómo descargan los buques, las grúas, la iluminación de los muelles. Quizás llueve. O quizás lo de la lluvia sea un detalle accesorio, algo que pongo ahí para que el decorado sea más realista, no sé. Luego viene un dolor aquí, no es una punzada, sino como una corriente de calor que me atosiga el pecho y luego sube por la garganta.

Ella se queda muda y bebe otro sorbo. Un gato se le retuerce entre las piernas, ronroneando. Deberías ir al psiquiatra, dice por fin. Sos una cara dura, digo, pero no tengo a nadie más con quien hablar de estas cosas. Quizás el problema sea ése, dice. No tenés con quién hablar, te sentís solo, nadie te para bolas y por eso hacés este cuadro de histeria. Si es que se trata de un cuadro de histeria y le da el último trago largo a su whisky y se oye cómo parte un hielo con las muelas. ¿Sos una jovencita histérica?, dice. Quiere ponerme contra las cuerdas. Nunca fui un histérico, digo, tus diagnósticos eran más severos. Ella levanta las cejas y encoge los hombros como dándome a entender cariñosamente que no es asunto suyo lo que me pase por la cabeza. No sé, digo, creo que es mi nana la que me hace sentir así. Me da mucha tristeza.

Ella quiere saber más sobre mi nana, quién es, dónde vive. Le digo que no tengo ni idea. Según contaba mi mamá, una mañana se despertaron y la nana ya no estaba, ni ella ni un montón de joyas de la familia. A partir de entonces quedó estigmatizada en mi casa como una ladrona. Mi mamá no podía oír hablar de ella porque se ponía como loca. Quiere saber qué edad tenía cuando eso pasó. No me acuerdo, digo, seis o siete. ¿Y por qué no la buscás? Buscá a tu nana, idiota, así de simple. El gato se sigue retorciendo. Ronronea muy fuerte. Un colega competente diría que estás fermentando un sentimiento de culpa de diez mil putas, dice, ya sabés, la lucha de clases, compañero. Querés que te perdonen por ocupar tu lugar en el mal reparto. Buscá a tu nana, hacé que te absuelva en el nombre del padre, del hijo y del espíritu santo. Y listo.

Nos reímos.

Me levanto del sofá para rellenar los vasos de whisky. De repente me siento estúpido porque pienso que quizás ella tiene razón y llevo varios días tomándome demasiado en serio, quizás me estoy portando como una jovencita histérica, y lo que es peor, he caído en la vieja trampa de la redención de los pecados, los pecados míos o los de mi familia o los de mi clase, da igual.

Ella se sienta a mi lado en el sofá. Me acaricia la cabeza. Loquita histérica, me dice, ¿no te hace caso tu mujer? De pronto un gato salta y se le pone en el regazo. Ella empieza a hablar de mi conducta en la galería de arte, de cómo yo propicié el desencuentro. Mientras habla, su mano pasa lentamente de acariciar mi cabeza a posarse sobre el lomo del gato, donde repite los mismos movimientos, los dedos como patas de araña. El detalle me hace sonreír.

Nos quedamos callados un rato, bebiendo el segundo vaso de whisky. Yo vuelvo a agarrar los periódicos viejos, los hojeo. Ella se interesa y se asoma a las hojas. Leo poniendo voz nasal: Correo del Cauca. Diario de la mañana. Fundado en 1903 por Ingacio Palau. Cali, Colombia. Sábado, Noviembre 7 de 1931. Carlos M. Pérez suena para la cartera de la guerra. Mundo al día rectifica la información dada sobre ofrecimiento por parte del ejecutivo de la cartera de guerra al Dr. Liborio Cuéllar Durán, y afirma que el sucesor del actual encargado, general Ángel, será el doctor Carlos Pérez; esta noticia ha sido recibida con bastante júbilo en los círculos militares, debido a que el doctor Pérez, a más de su vasta cultura y de su caballerosidad, es ajeno a toda odiosidad política. Bogotá. Acaba de suicidarse, dándose un balazo en la cabeza, el comisario de policía Ramón Cárdenas, a causa de un despecho amoroso. La desgracia ocurrió en una tienda de gente alegre del barrio de Bavaria.

¿Gente alegre? Gente alegre, digo. Un balazo en la cabeza en una tienda de gente alegre. Odiosidad política. Paladeo las frases. Odiosidad política. Le pregunto si me puedo quedar con los periódicos y ella, que sigue acariciando mecánicamente al gato con su mano de araña, sube los hombros y pone cara de no me importa. Llévatelos, dice. El gato cierra los ojos. Ella me pregunta si quiero almorzar mañana. No sé, digo. O podrías acompañarme a ver al chatarrero. No sé, no sé. Llamame, le digo.

Mi mujer duerme en el sofá con la televisión encendida. Me inclino y le acaricio la mejilla. Ella abre los ojos. Me quedé dormida, dice, qué hora es. No sé, tarde. Me agarra la mano y sonríe volviendo a cerrar los ojos. Qué cansancio. Le pregunto qué hizo hoy y ella responde que un montón de cosas. ¿Fuiste a clases de tenis? Sí, dice. Le doy una palmadita para que me deje espacio en el sofá. Me recuesto a su lado y agarro el control remoto. ¿Y vos?, dice. Bien, bien, cansado. En la tele promocionan una procesadora que corta, exprime y ralla cualquier cosa, carnes, verduras y hasta huesos. Cambio el canal varias veces. Estaba preocupada por vos, dice. Tu tía me contó que andabas muy raro hoy por la tarde. La tía cree que estoy loco, respondo.

Mi mujer se da la vuelta, me mira y empieza a acariciarme la cabeza, pero lo hace con la mano abierta, sin enterrarme los dedos en el cuero cabelludo, una caricia superficial, como si me estuviera echando una capa de pintura encima. En esa casa sí que están locos, digo. Todos. Empezando por el tío, que era un asesino chiflado. Mi mujer deja de acariciarme y me mira arrugando el entrecejo. ¿No lo sabías?, digo, claro, quién se iba a imaginar, con la cara de buena persona que tenía.

Bah, dice ella y me da un manotazo leve en la mejilla. Qué cabecita que tenés. ¿Cabecita? Mi tío boleó machete en La Violencia hasta que le salieron callos. Ah, pero eso eran otros tiempos, bobo, dice mi mujer. En esa época todo el mundo andaba armado y todo el mundo sabía pelear con machete.

Yo la miro a los ojos a través del parpadeo de la televisión. La empleada hizo gelatina de cereza, dice. ¿Querés un poquito?

Mientras ella va a la cocina yo aprovecho para quitarme la ropa. Me quedo en calzoncillos. Hace calor. Abro la ventana para que entre el fresco y me asomo afuera. Las casas igualitas, los faroles, los jardines, los aspersores, los carros parqueados. A lo lejos veo al vigilante pigmeo que patrulla lento, aburrido. Le hago señas pero no me ve o al menos no reacciona.

Mi mujer vuelve con un plato lleno de gelatina. Me reconforta sentir el frío bajándome por la garganta. El sabor artificial a cereza.

Vemos la tele sin hablar hasta que termino de comer la gelatina. Luego nos vamos a la cama. Ojalá me convirtiera en un animal, digo. Pero ella ya no escucha. Hace rato que se ha dado la vuelta.

Sueño que voy a bordo de un barco, sentado en una silla sobre la cubierta. El día está nublado pero el sol se asoma de vez en cuando. Navegamos por una bahía de aguas aceitosas. Un grupo de garzas blancas descansa en una ceiba frondosa. A medida que nos aproximamos al puerto, la bahía se hace más estrecha. El océano va quedando apretado entre las dos orillas. A la derecha se ven unos pocos edificios, bodegas, cemento carcomido, muelles rotos. A la izquierda, cientos de casitas de madera paradas en altas estacas que se clavan en el lodo. Los pelícanos se turnan para zambullirse. Niños, perros y mujeres en las arenas oscuras nos miran como a condenados. Intento espantar esa idea saludando con la mano en alto, pero este gesto amistoso apenas es correspondido con desgana por unos pocos. Los otros barcos y, sobre todo, las numerosas canoas de los pescadores nos obligan a bajar la velocidad. Me acomodo en mi silla y continúo leyendo el periódico. Un titular anuncia la llegada de los zombis a la ciudad. Se incluyen las declaraciones de un experto, que además ofrece consejos en caso de un ataque. Otra noticia. Una mujer de raza negra, que días atrás había secuestrado a un niño, ha sido capturada cuando intentaba escapar del país a bordo de un buque de bandera panameña. Los peritos de la policía afirmaron a este diario que durante los interrogatorios la mujer parecía sufrir un trastorno mental severo. El menor plagiado no ha sufrido ningún daño y ya se encuentra junto a sus seres queridos.

El barco atraca en el muelle. Los pasajeros hacen fila para bajar. Cuando llega mi turno y empiezo a descender por la plataforma, veo el cadáver de un negro flotando bocabajo. Me doy cuenta de que dentro de poco se convertirá en zombi y volverá a la calle a contagiar a los demás, pero no doy aviso a la tripulación ni a las autoridades en tierra. A mí no se me nota pero yo también soy un zombi. Y tengo una misión importante. Eliminar al experto en zombis aprovechando que dará una conferencia en un salón de actos. Si lo mato se convertirá en uno de los nuestros. Luego me comeré una gelatina de cereza. Estoy emocionado. Me tiemblan las manos. Debo reunirme con mi contacto para recibir instrucciones.

ej quéramo do negro viejo vivíamos tuavía de cortar caña pal ingenio vida dulce dotor había una letrina en el fondoelpatio y **un cerroe machete viejo deste porte que habíamos ido arrejuntando pa vendé fierro pero no vendimos no y eje cerroe machete crecía y era quiba coloreando con esa lumbre verdosa** y en las tardes libres nos sentábamos en el patio a jumá puro tabaco era que jumábamo en esa época el metal **caliente cogía lluvia y sol y esas nubes de mosquitos dele a zumbar meloso a veces nos poníamo una camisa blanca bien planchadita y nos largábamoj a esperá la chiva que pasaba puel camino del cañaveral quizás te resulte extraño recibir** noticias mías después de tanto tiempo y que te escriba precisamente a vos ya no sé cómo tratarte porque a fuerza de **tanto entrar y salir de vos ya no sé si eras mi perro mi esposa mi dueño no importa mi** *amor un vaso de Coca-Cola bien fría es un deleite del paladar la chivita nos llevaba a la feria tomábamos y bailábamos y nos jugábamos unos pesos en el juego del cuy*

PrUeVEsUZuERteCoNeLANimAlIto. sincoPeSos

vito dejde arriba el juego del cuy era como un reloj vito dejde arriba y haga de cuenta dotor que en cada hora había un hueco donde el cuy se **podía ejconder y la gente gritaba y pujaba duro padentro paquel cuy se metiera en el hueco de la apuesta** TOME POPULAR **refrescante y la gente apostaba harta plata a un hueco oiga y si el cuy entraba en ese hueco la gente ganaba la** plata de los demás pero el cuy era mañoso y la gente siempre perdía Linimento de Sloan donde ataque el dolor ATÁQUELO Aunque usted no lo crea y la gente siempre perdía mi amor **besarte en la boca era un deleite del paladar Se vende una ortofónica Edison quizás te resulte extraño recibir noticias mías después de tanto tiempo devolver al remitente** EL CAFÉ **estimula las actividades físicas e intelectuales sin los peligros** de otros estimulantes y entonces fue cuando vos mi amor me dijiste mi amor que estábamos muertos y que ya no íbamos a volver nunca y abriste la boca para contarme la historia de los dos prínci-

pes negros y tu boca se abrió y dijiste escuchame **bien negro bien negro se abrió tu boca se abrió y todos pujaron para adentro era como un reloj visto desde arriba y** *desde arriba yo pegué un brinco para dejarme tragar por el hueco que había en cada hora*

Sedimento

1]

Hace años conocí a un enfermero que se pasaba las horas muertas afilando palitos con un cuchillo oxidado. No tallaba nada con los palitos. Sólo les iba quitando capas. Las virutas se acumulaban en el suelo. Luego tiraba lo que quedaba del palito, lo lanzaba con fuerza intentando que pasara por encima de una reja muy alta. Casi nunca lo conseguía. Al otro lado de la reja había un bosque frondoso que producía ruidos día y noche. Una vez le pregunté para qué hacía eso. No sabía, por aburrimiento quizás. También me contó que daba largos paseos por el bosque. Era un paraje de montaña muy bonito, un poco frío tal vez, pero muy bonito. El enfermero describía el paisaje tan bien que despertaba en mí el deseo de acompañarlo. En sus paseos había jirones de niebla atrapados entre las

copas, loritos de colores que hablaban lenguas ex-
tintas, líquenes como barbas de sabios que colga-
ban de las ramas, lechuzas circunspectas, orquídeas
como cornetas de gramófonos, venados, ríos hela-
dos que bajaban de la cordillera, osos de anteojos.
Yo siempre le pedía que me llevara con él. Nunca lo
hizo pero sufrí mucho cuando dejó de trabajar allí.

Recuerdo todo esto mientras escucho a mi mujer hablar con su madre por teléfono. Mi mujer
pregunta por lugares de la finca en la que pasó su
infancia. Se refiere a las cosas con familiaridad y
precisión, imantando las palabras como los poetas
buenos. Lo hace contagiada por los ritmos del habla de mi suegra, una puerta en la voz de mi mujer
que conduce directamente a otros tiempos, a lugares apacibles y bonitos a los que yo no tengo acce-
so. Apenas puedo asomarme a esa puerta en sus
conversaciones con mi suegra. Su voz se hace caden-
ciosa, algunas vocales como valles extensos entre
los accidentes abruptos de las consonantes. Una voz
ni caliente ni fría, muy húmeda.

La puerta se cierra de golpe en cuanto cuelga el
teléfono. Entonces vuelve a ser la señora de la casa.

Entra a la pieza y me pregunta si quiero desayunar. Sólo un tinto, digo. Ella vuelve a salir. La
oigo hablar con la empleada.

Me levanto, meo, me ducho y me visto. Entro al
despacho. Sobre la mesa hay algunos papeles de la

empresa que debería revisar pero los periódicos viejos son demasiado tentadores. Café recién hecho y noticias frescas de 1931. Cine Edén. Esta noche hará su presentación en dicho teatro el Príncipe Gambertty, acompañado por su médium Nira Uthoff. CONSUMIR CAFÉ es proteger la Economía Nacional. La Alcaldía Municipal, que ha venido investigando el asunto de los extranjeros perniciosos, puso ayer a disposición de la policía departamental al extranjero Luciano Hall, una vez que dicha autoridad le comprobó ser un individuo negociador en trata de blancas y falsificador de pasaportes. El director de la policía departamental, según fuimos informados, remitió ayer a Hall a Bogotá, para que el director de la policía nacional de aquel lugar le aplique el castigo que se le ha de señalar. DE OCASIÓN. Se vende una ortofónica Edison. En la administración de este diario se dan informes. Un vaso de Coca-Cola bien fría es un deleite del paladar.

Suena el teléfono. Me quedo atento pero parece que no es para mí.

Procedente de Manizales se encuentra en la ciudad, en asuntos de negocios, el señor Julio Villegas T. Lo saludamos de manera atenta. ENFERMO. Se encuentra gravemente enfermo el señor Daniel Caicedo Lanford. Hacemos votos por su mejoría. Aunque usted no lo crea, por Roberto L. Ripley.

Voltaire no era el nombre verdadero del gran filósofo francés. Voltaire es un anagrama de AROUET L. J. El lobo no puede mirar atrás sin volverse completamente.

Mi mujer entra al despacho. Te llaman, dice. Contesto de mala gana. Es el administrador de la empresa. Quiere reunirse conmigo para recomendarme la compra de unos materiales para el semestre que viene, aprovechando una caída de los precios en el mercado interno. Le digo que no hace falta reunirse, que hable con su papá o que compre lo que le dé la gana. Cuelgo.

Justo cuando voy a seguir leyendo los periódicos viejos entra mi mujer otra vez. Me voy, dice. No le pregunto adónde. Al salir deja la puerta mal cerrada.

De repente se me quitan las ganas de leer los periódicos viejos. Me asomo por la ventana y veo el jardín interior, el pasto perfectamente cortado, el rosal como de carátula de disco romántico, la palmera hirsuta y el muro que está empezando a llenarse de humedades. En el cielo se enroscan los flemones sucios. Es muy posible que hoy llueva.

Voy a la cocina a buscar más café. La empleada está encerrada en su piecita pero en cuanto escucha el ruido sale a ver qué ocurre. ¿Se le ofrece algo, doctor? No, digo, me estoy haciendo un tinto. Se la ve inquieta e insiste en hacerme el café.

No se preocupe, le digo. Pongo la cafetera y ella se queda ahí parada, mirándome con cara de ternero. Desde su pieza enana salen las voces de la televisión. ¿Qué estaba viendo? Nada, dice. Bueno, tenía el televisor prendido para tejer, para que me hiciera compañía. Lleva apenas unos días con nosotros. Es una muchacha muy joven, no llegará a los veinte años. En esta ciudad el aluvión de negros de los últimos cuarenta años creó una nueva legión de mulatos perfectos como ella, espigados, fibrosos.

Le pregunto qué está tejiendo y dice que un saco, pero que apenas está aprendiendo y le sale mal el punto. Una señora del barrio me está enseñando. ¿Me deja ver? Mejor no, dice, cuando aprenda. Se ríe. Siga con sus cosas, le digo. ¿No necesita nada? Nada, no se preocupe. Pide permiso. Regresa a su pieza y se encierra. Mientras se acaba de colar el café me doy cuenta de que tengo hambre. Abro la nevera. Las sobras de gelatina de cereza alumbran dentro de la fuente de cristal. Me como tres, cuatro cucharadas.

Al rato vuelve a sonar el teléfono. Contesto. Otra vez el hijo de mi socio. Insiste en reunirse conmigo. Compre, compre, le digo. No, no es eso, necesito verlo, dice. Me quedo medio pasmado. Es un asunto personal. Es sobre mi papá. Me cita a las cuatro de la tarde y me da una dirección. ¿Sobre su papá? ¿Se estará muriendo el viejo? Van cayendo uno detrás de otro. Pronto me voy a quedar solo en la junta directiva. Ya no habrá reuniones. Si antes no se hunde la fábrica.

2]

Llueve. Un rayo cuartea el cielo y el tráfico avanza indiferente por la autopista. Enciendo el radio. Los locutores hablan de la lluvia y leen una larga lista de pueblos afectados por el invierno y los deslizamientos de tierra. Dicen que hay gente desaparecida en los aludes de barro, pero no leen los nombres de la gente desaparecida. En cambio repiten la lista de los pueblos. Los nombres de los pueblos ruedan y echan chispas y se desbarrancan hacia el basurero de nombres. Declaraciones del ministro, del gobernador, de los generales. Emergencia invernal, dicen.

Aquí llueve y punto. No se ve nada alarmante. Las alcantarillas se desbordan y junto a las aceras corren unos riachuelos que arrastran basura y hojas que obstruyen aún más las alcantarillas que echan espuma y hacen gárgaras. El resplandor del rayo se deja sentir a destiempo. Se me ponen los pelos de punta. Y viene el trueno. Miedo tonto a que me parta un rayo.

Me desvío y salgo de la autopista. Quiero evitar el tráfico cortando por un barrio lleno de árboles. Las calles sin tráfico y las casitas mudas de la clase media.

Los locutores dan paso a un corresponsal en una zona de inundaciones que describe los pueblos sumergidos, la gente en los tejados esperando a que llegue la ayuda. Algunos intentan salvar lo que pueden a bordo de una canoa. Los animales son arrastrados por la corriente.

Aquí no. Aquí sólo llueve. Y caen rayos pero todo sigue igual.

Dejo el carro en el parqueadero, lo más cerca posible del edificio. No tengo paraguas, así que me toca correr hasta la entrada. Saludo a los bibliotecarios, dos muchachos que ya se han acostumbrado a verme por aquí.

Consulto en los computadores. Churupití. Sin suerte. Nada, no hay ningún libro que contenga la palabra Churupití en el título. Pruebo por tema y busco libros sobre las tradiciones orales del litoral. Encuentro unos cuantos.

Me siento en una mesa junto a los ventanales que dan a la calle. En los libros académicos reviso el índice onomástico. La palabra Churupití no aparece pero la palabra diablo tiene un puñado de referencias en cuatro de los libros. Las consulto con cuidado. Hay varias historias de diablos, algunas francamente buenas, pero ninguna es la del diablo de Churupití que contaba mi nana.

En los libros infantiles tampoco encuentro a mi diablo. Casi todos tienen ilustraciones cursis de ríos, canoas y niños felices de todos los colores que juegan en la selva y las historias son moralinas sobre la convivencia y el ecumenismo racial. Otros libros son menos idiotas y al menos recogen las fábulas del tío conejo y del tío tigre o las leyendas de la viuda, la tunda y la gualgura. Mi nana me las contaba por las noches para asustarme. La viuda es un espanto que seduce a los mujeriegos para ahogarlos en el río. La tunda se les aparece a los niños adoptando la forma de su madre y se los lleva a vivir al monte durante semanas. Para recuperarlos, la gente del pueblo, la familia y, sobre todo, el padrino de los niños tienen que meterse a la selva tocando bombos y cununos mientras entonan arrullos. A veces es posible recuperar a los niños entrando al monte con perros de caza.

La gualgura es el espanto más raro. Algunos lo describen como una tripa, un pedazo de intestino o un órgano medio amputado que sabe piar como un pollo. Por las noches entra a los corrales y mata a las gallinas. Cuando siente que hay una persona cerca empieza a piar; la persona persigue al supuesto pollo monte adentro y cuando quiere regresar a su casa ya no puede porque está perdida.

Mi nana me contaba que a su hermano se lo había llevado la gualgura. Una tarde el niño no regresó del río. Lo buscaron por todas partes. Esperaron noticias un tiempo. Al final lo dieron por muerto. Tres meses después unos cazadores lo encontraron. Estaba desnudo, el cuerpo cubierto de barro, se le había olvidado cómo hablar y se alimentaba sólo de gusanos y de la mierda de otros animales. La mamá lo llevó a ver a un brujo que le puso un amuleto y le echó un rezo de protección para que no se lo volviera a llevar ningún espanto. Al otro día empezó a hablar y reconoció a su mamá y a su padrino. Sólo se acordaba de haber estado persiguiendo a un pollo por el monte, nada más. Así se supo que era la gualgura la que se lo había llevado.

Un rayo me hace levantar la vista de los libros. Llueve cada vez más fuerte. Al otro lado del cristal una esquina cualquiera, el semáforo titilando en amarillo, edificios, un supermercado, los carros que pasan a toda velocidad sobre los charcos. En la troncal que divide los carriles, tres personas se protegen del aguacero debajo de una lona tendida sobre la rama de un árbol.

Sigo hojeando. Hasta que por fin, en un librito viejo publicado por una editorial regional, papel amarillento, dos o tres erratas por página y agujeros de larva, encuentro referencias a cierto diablo juguetón que recuerda mucho al de mi nana. Esta vez no es astuto y mujeriego o dueño de los secretos del baile y del canto, como suele pasar en las historias clásicas de negros, sino que simplemente hace apología del mal gusto. De hecho, en una de las historias se habla de un diablo que era el hazmerreír del barrio por su vestimenta, igual que el diablo de Churupití. El autor del libro afirma que estas historias son una adaptación urbana de las fábulas del litoral. Aquí el diablo, dice, pierde varias de sus facultades mágicas y sólo sirve como ejemplo para que los trabajadores emigrantes empiecen a vestirse bien y mejoren sus oportunidades de ascenso social en la ciudad. Ya no estamos ante el guardián jocoso de la comunidad, dice, básicamente porque ya no hay comunidad, sólo proletarios sin conciencia de clase que deben hacer todo lo posible por reproducir el gusto de los blancos, empezando por la vestimenta. Eso es lo que dice este señor. Y si está en lo cierto, el cuento de mi nana no tendría nada que ver con la tolerancia sino que sería un cuento creado para reforzar el mito clasista del buen gusto. Mi diablo de Churupití sería un colaboracionista.

Le doy la vuelta al libro y veo la ficha biográfica del autor. Nació en 1946. Estudió filosofía en Belgrado. Publicó varios libros breves sobre folclor y oralidad popular. Al lado hay una foto pequeña. La piel blanquísima, el bigote liviano pero muy definido encima de la media sonrisa en la que no se adivina ninguna coquetería. Al revés, el mohín podría ser una rigidez involuntaria o una risa nerviosa. Los ojos como dos ciruelas pasas. El peinado y el cuello tortuga. Todos los signos distintivos del galán puritano de la revolución, esa mezcla de espía húngaro con maestro de escuela. Una vaga ternura se me revuelve con el olor a humedad que desprende el libro. Veo los agujeros excavados pacientemente por las larvas a través de las hojas y me pongo a fantasear sobre la suerte de este señor. Educado al otro lado de la Cortina de Hierro. Toda la vida compaginando la lucha revolucionaria con la academia. Yendo y viniendo de la clandestinidad. Publicando de vez en cuando algún librito. Desapareciendo.

Saco la cabeza del libro y miro la evolución del diluvio por la ventana. Las personas que se resguardaban debajo del toldo ya se han ido. Dos perros perdidos cruzan la avenida al trote. Hace un calor pegajoso. Me sacudo la camisa para ventilarme un poco.

Vuelvo al libro y leo la última historia. Una variante de la fábula que, admite el autor, ciertamente ameritaría un análisis más complejo. En ella aparecen los mismos elementos, el diablo que tiene mal gusto y un grupo de negros que se burlan de él. Podría decirse que incluso lo acosan, le tiran piedras, lo ridiculizan, le inventan canciones. Al final uno de los negros siente curiosidad y le pregunta por qué se viste mal, a sabiendas de que se expone al escarnio público. El diablo, muy orondo, responde que su propósito es justamente que los negros se vistan bien y les recuerda a todos que él es el Maligno. Soy yo, dice, el temible Lucifer, quien ha inventado el Buen Gusto, el que hace que ustedes los negros se quieran parecer a los blancos. Son ustedes los que le dan gusto al diablo. Por eso me visto mal. Porque vestirse mal es vestirse bien y vestirse bien es vestirse mal. Y dicho lo dicho, el diablo pega un brinco por encima de una tapia, entra al patio de un vecino que se está afeitando delante de un espejo. Con permisito, dice el diablo, y con otro brinco se mete a la palangana llena de agua con jabón y por ahí regresa a los infiernos. El vecino que se estaba afeitando se santigua con la navaja y luego bota el agua de la palangana a los pies de una mata que, a partir de entonces, le da flores de muchos colores.

3]

Los perros que había visto cruzar la avenida están ahora merodeando por el parqueadero. Desde la puerta de la biblioteca, a través del aguacero, cuento siete perros de tamaños y pelajes muy distintos.

A todos se les marcan las costillas pero conforman una manada compacta que corre feliz entre los escasos carros que hay en el lote. Sólo cuando paran y se revuelven nerviosos alrededor del jefe de la manada, un criollo blanco con cara de buen tipo, se percibe la desesperación. No saben adónde ir.

Ya no se ven muchas manadas de perros callejeros en la ciudad. De unos años para acá hay una empresa que se encarga de matarlos. Lo sé porque uno de mis socios es el dueño de esa empresa, aunque, ahora que lo pienso, jamás he visto nada que tenga que ver con la empresa, ni un camión, ni empleados con uniformes blancos ni mascarillas, nada. Simplemente las manadas desaparecen. El trabajo es invisible y el resultado también.

Al final los perros se meten debajo de un árbol y se ponen a tiritar muy juntos. Desde allí me observan correr en medio del aguacero, inquietos hasta que entro al carro.

Conduzco por calles cada vez más encharcadas. Tengo que soportar además el tráfico del mediodía. A la menor oportunidad me salgo del trancón. Agarro para el centro.

Casi todos los parqueaderos están llenos. Doy mil vueltas y acabo entrando al mismo donde lo dejé anoche cuando fui a la galería. El señor del trapo rojo me reconoce pero en lugar de mostrarse simpático parece desconfiado. Guardo el recibo en el bolsillo de la camisa, le entrego la llave. ¿Tiene una bolsa de plástico? No, dice, pero le puedo vender un paraguas, si quiere. Me vende un paraguas por cinco mil pesos. Es un paraguas rojo y pequeño, con dos patas rotas.

No sé muy bien para qué vine al centro. No quiero volver a mi casa, pero sobre todo no quiero trabajar, no quiero hacer nada. Me pongo a caminar. A pesar de la lluvia, la gente se las arregla para seguir ahí, vendiendo cosas o simplemente charlando y viendo llover en una esquina. Entro a un sanandresito. Allí se nota más el aguacero. Los vendedores están ociosos, casi todos bromean a los gritos desde la puerta de los locales. Algunos incluso parecen melancólicos mientras comen con cubiertos de plástico sobre las cajas vacías de electrodomésticos.

Salgo a la calle otra vez.

Entro a una cafetería con mesa de billar y pido una cerveza. Hay almuerzo, dice la mesera. Niego con la cabeza. Suena una canción que ya había escuchado en algún otro lugar. El cantante le explica a la policía con voz lastimera y atiplada por qué ha tenido que matar a su hermano.

Me tomo la cerveza y desde mi silla sigo la partida de billar, o más bien, los movimientos de los jugadores porque el ángulo no me da para ver las bolas. Uno de ellos, el más viejo, entiza el taco, mira bien el casquillo, luego la mesa. Se inclina, taca. El otro, con cara de inexperto pero arrogante, espera y tuerce un poco la pierna con el taco apoyado en el suelo. Sonríe incómodo.

Le pago a la mesera. En el umbral de la cafetería abro mi paraguas viejo y salgo a la lluvia. Desando un par de calles, giro a la izquierda y atravieso el parque, antes de bajar por una carrera estrecha. Me pego a la pared para que los carros no me mojen. Después de dos vueltas bobas vuelvo a encontrarme frente a la entrada del sanandresito. Las luces blancas de neón y la lluvia producen una atmósfera de encierro, de tiempo estancado aquí adentro. Los vendedores me ofrecen cosas, aparatos nuevos, televisiones, computadores, perfume, licores, todo de contrabando.

Acabo entrando a un local donde venden ropa de marca que no parece de imitación. Me dejo convencer de la vendedora y compro una camisa horrible de color papaya que nunca me voy a poner. Luego entro a un local donde un muchacho juega al tenis con una consola. Debe de llevar un buen rato jugando porque está muy concentrado. Ni siquiera se da cuenta de que estoy aquí. En un descanso entre sets se mete los dedos a la nariz.

En otro local donde venden aparatos de imagen y sonido me dejo convencer de otra vendedora y compro un grabador digital de audio. Hacemos varias pruebas. Hola, hola, hola, digo. La vendedora reproduce mi voz. Hola, hola, hola. El sonido es muy nítido.

Salgo del sanandresito, tuerzo por la calle perpendicular y entro a una cafetería donde venden minutos de celular. Hay cuatro personas hablando por los teléfonos atados al mostrador con cadenas. Pido un jugo de maracuyá en leche. Un tipo deforme se acerca en su silla de ruedas a venderme billetes de la lotería de la cruz roja. Deme dos, digo, y elija usted los números. Un 6 y este 5, bien bonitos, dice. Antes de que se vaya le regalo la camisa de color papaya. Le voy a traer la suerte, va a ver, promete.

Vuelvo a pasar por el parque, pero lo cruzo en sentido contrario hasta internarme en una callecita fea, más fea que las demás. Hay dos travestis en la entrada de una cantina. Una peluquería. Un distribuidor de productos agrícolas al por mayor. Doblo por la carrera, hacia una zona de hoteles baratos y más tiendas de electrodomésticos.

En la acera de enfrente se abre la puerta de una casa vieja y veo salir a mi mujer, las manos ocupadas con un paraguas negro y una bolsa de supermercado. Como no me ha visto, dudo si acercarme o no. Al final no hago nada. Dejo que avance un buen trecho y la sigo hasta el final de la carrera, que corta a una calle ancha con cantinas y negocios donde venden repuestos para carros. Continúa por la acera de la derecha. Yo por la de la izquierda. Entonces ella se da la vuelta, como si presintiera que la están siguiendo, mira para todas partes pero no me ve. Sigue andando. Llega a una avenida. El tráfico es infernal, pero igual estudia la posibilidad de cruzar. Al final decide subir por el terraplén del puente peatonal. Yo conservo la distancia, unos cincuenta metros. Así cruzamos al otro lado de la avenida y nos adentramos en un barrio residencial. Casas bajas, árboles, algunos bloques de edificios aislados. Mi mujer caracolea por las calles y acaba en una plaza chiquita con árboles. La veo cerrar el paraguas y entrar a la reja de un antejardín. Espero un rato antes de acercarme. Es una casa grande que funciona como sala de velaciones. La puerta principal está entreabierta. Haciendo las veces de recepción, una mesa de madera y una señorita que habla por teléfono, pero no me detengo. Paso al fondo, con el paraguas empapado en la mano, me asomo a una sala llena de gente seria delante del ataúd con la tapa abierta. No veo a mi mujer ahí adentro, así que salgo y subo por unas escaleras. En la planta de arriba hay tres salas más, cada una con sus deudos y su ataúd. Nadie llora. Más bien es como si estuvieran asistiendo a una conferencia. Mi mujer no está en ninguna de las salas. Me asomo en los baños. Nada.

Bajo por la escalera. Vuelvo a la entrada. Le pregunto a la señorita que está en la mesa si no ha visto a una mujer joven, bonita, así y asá. Responde que ahí entra y sale gente todo el tiempo, que es posible pero no está segura. Mejor dicho, que no sabe. Suena el teléfono, contesta.

Salgo al antejardín. Intento abrir el paraguas pero se atasca. Lo dejo caer al suelo. Me acerco a la reja y desde ahí veo a mi mujer en medio de la placita, junto a un árbol enorme y frondoso de hojas anchas, el tronco gruesísimo. Se acuclilla, ajusta el mango de su paraguas entre el cuello y el hombro y con ambas manos saca cosas de la bolsa. Luego no consigo ver lo que hace, pero parece enterrar las manos en el tronco del árbol. De pronto, sin darme tiempo a reaccionar, se levanta y gira hacia el antejardín. Creo que me mira. Yo no me puedo mover. Se queda mirándome o mirando la casa unos segundos, protegida por la sombra del paraguas. Levanta una mano para hacer… ¿un saludo? Y se va por la calle que hay en el extremo opuesto de la placita. Yo no me puedo mover. Estoy paralizado, con las manos aferradas a la reja, la lluvia cayéndome encima. Tardo un rato en relajar el cuerpo y soltar la reja.

Camino rápido hasta el otro extremo de la placita, me asomo a la calle pero ya no está. Vuelvo a revisar el árbol. Hay un agujero en el tronco, escarbo con un palito. Un montón de basura, papeles, fruta podrida, retazos, huesos de pollo, bolas de papel aluminio, hierbas, botellas rotas, mechones de pelo, cáscaras de huevo. También hay una foto vieja de un niño negro con uniforme de colegio delante de una moto plateada. Con ayuda del palito intento meter toda esa basura dentro del agujero del tronco. Sólo consigo juntarla en un montículo. No me atrevo a tocarla.

4]

Cruzo el puente peatonal. Empapado. Las botas de los pantalones me pesan.

Corro hasta el parqueadero. El señor del trapo rojo me pregunta por el paraguas, me entrega las llaves y suelta una risita chueca. Me dan ganas de decirle algo pero no. Mejor me subo al carro.

Mientras conduzco enciendo la radio. Los locutores siguen con el tema de la lluvia y las inundaciones. Yo pienso en mi mujer. Quizás me confundí y era alguien que se parecía mucho. El locutor ya no sabe cómo seguir exagerando, dice que el invierno deja imágenes escalofriantes. Se le acaban los adjetivos. Dantesco, dice.

En la entrada de la unidad el portero sale corriendo de su caseta con un impermeable marrón y me abre la reja.

Entro a mi casa. Saludo y subo a la planta de arriba esperando que alguien me responda. Me cambio de ropa. Me seco la cabeza con una toalla. No hay nadie.

En la cocina encuentro un plato listo para calentar en el microondas. Llamo a la piecita de la empleada. Empujo la puerta y pienso en una cámara funeraria. No hay nadie. Sólo el olor, pesado y dulzón. El ajuar de la momia en perfecto orden.

Meto el plato en el microondas, me sirvo un vaso de jugo y pongo un individual en la mesa, los cubiertos, una servilleta. Me siento a comer.

Por el ventanal que está frente al comedor veo la piscina rodeada de casas idénticas a la mía. Todo tamizado por el aguacero.

Llevo el plato y los cubiertos sucios a la cocina. Subo a mi pieza. Me recuesto en la cama. Enciendo la tele, cambio compulsivamente de canal. No hay nada que ver pero no la apago. Bajo el volumen hasta que las voces que salen del aparato se vuelven un susurro. Me quedo mirando al techo. La lluvia no cesa. Cambia de ritmo, pero no cesa. Por momentos se hace muy intensa y dura, como si cayeran bolitas de plastilina. Al rato se hace vaporosa, menuda pero constante. Y hace bochorno y sopla el viento todo el rato.

Sobre la cama, al alcance de mi mano, hay una bolsa de plástico mojada. Adentro, la caja del grabador que compré en el sanandresito, muchos papeles, la garantía, el manual de instrucciones y no sé cuánta cosa más que tiro al suelo. Escucho el corte 001: hola, hola, hola. Mi voz. Un silencio. La voz de la vendedora, pero no se entiende lo que dice, suena como si hubiera tapado el micrófono con el dedo mientras hablaba. Fin. En el corte 002: hola, hola, sí, sí, probando, sí. Vuelvo a reproducir el corte 001: hola, hola, hola. Intento entender lo que dice la vendedora. Nada. Vuelvo a reproducirlo: hola, hola, hola. Bla, bla, bla, bla.

Aprieto el botón de grabar. Pista 003. Dejo el grabador sobre la almohada y me quedo callado. Suspiro, consciente de que el suspiro va a quedar grabado. Trato de no moverme, rodeado por los susurros de la tele y la lluvia.

Entre más pienso en esa mujer, más me convenzo de que no era mi mujer. Nunca llegué a acercarme lo suficiente. Y estaba tapada con el paraguas negro. Además, la ropa no era la misma con la que salió esta mañana.

Entonces me acuerdo de que hace años también la perseguí por la calle. Me dio por seguirla en la calle, a mi mujer. Pero eso era porque acababa de salir del manicomio y todavía estaba muy enfermo y me la pasaba soñando con el bosque. Nunca vi al oso de anteojos. Soñaba con el oso de anteojos. Nunca pude pasear por el bosque. Qué lástima.

Me hubiera gustado mucho caminar entre los árboles y descubrir un arroyito de aguas frescas que saben a sombra, como dice aquel en el librito del viaje a pie. Leí ese librito cuando estuve ahí encerrado. Me lo dio la psiquiatra al comienzo del tratamiento. Nos hicimos amigos porque nos gustaban los mismos libros. Ella quería charlar conmigo con cualquier excusa, así que me rebajó la dosis y ya no andaba tan drogado, con la lengua pastosa. La psiquiatra también daba paseos pero no hablaba nunca del bosque. Sólo quería hablar de libros y de algunas películas. A veces en su consultorio veíamos películas en el computador. A mí me aburre el cine y si me quedaba era más por estar con ella, para charlar y no estar solo, que era lo que más miedo me daba. Pero un día vimos una película que me gustó mucho y no se me olvida. De vez en cuando pienso en esa película. Es la historia de una mujer y su suegra. El esposo de la mujer se ha marchado a la guerra y ambas se dedican a asesinar a los samuráis que pasan por sus tierras. Luego cambian las armaduras de los muertos por sacos de mijo o arroz. Así logran sobrevivir. Pero lo importante no es tanto la historia, que sí se me olvida un poco. Lo importante es el lugar, el espacio donde transcurre. Es una especie de cañaveral junto a una ciénaga. El viento hace ondular la superficie del cañaveral. Todo está húmedo, sucio. Casi se huele.

El viento se frota contra las cañas. Viento, cañas, viento, cañas. A veces hay monólogos del viento. Pero lo importante, lo importante de verdad es cómo se frotan viento y cañas durante toda la película. Se soban, se lamen, se restriegan y bailan y toda esa frotación es lo que no se me olvida.

Unos meses después, cuando ya había salido de la clínica, un amigo de la universidad me invitó a bailar. Fui porque él insistió. Era mi único amigo y me quería mucho y yo en cambio no tenía sentimientos, no quería a nadie. Fui porque él me dijo huevón, el que no baila se muere, a vos lo que te hace falta es bailar. Y yo no me quería morir. Pero cuando llegué no fui capaz de bailar.

La discoteca quedaba a las afueras, de espaldas a un río. Y si uno se asomaba por las ventanas de atrás, lo que se veía eran unos cañaverales espesos a lo largo de la orilla y la luz de la luna bañándolo todo, igualito que en la película, con el viento sobándose bien despacio contra las cañas. Mi amigo: vení, huevón, no te quedés aquí. Vamos a bailar. Y me arrastró a la pista, a los brazos de una muchacha gordita. Ni yo mismo me lo podía creer pero no se me movían los pies, ni la cintura, nada, estaba como sembrado. Y de una me entró angustia y amargura y odié a todo el mundo en esa discoteca. Al final de la canción volví a la mesa y me quedé viendo a la gente. Sonaba una pornosalsa horrible que hablaba de sábanas de seda manchadas de semen, no con esas palabras, claro, decía noche de pasión, rosas y champán y esas cosas. Mi amigo señaló una mesa y me dijo que ahí estaban fulana y no sé quién más. Se acercó a saludarlas. Luego sacó a la pista a una muchacha con cara de amargada, que bailó una entera sin cambiar de cara. Fue una cosa que me llamó la atención a la primera porque bailaba muy bien, pero era como si la expresión de la cara no participara de todo lo que se desencadenaba debajo de la cintura a una velocidad asombrosa. Ausente, los ojos vaciados y enmarcados por un pelo azabache como de propaganda de champú.

Cuando mi amigo volvió a la mesa, yo le pregunté quién era ésa y él me contó el cuento, ese cuento de siempre como tan manoseado y que a uno le parece que ya le han contado como mil veces. El novio de la muchacha se había metido en un problema con la gente que no debía y lo mataron, dijo, en una fuente de soda, a plena luz del día. Pero a ella no le hicieron nada. Fueron directamente por el tipo y lo voltearon de una, limpio, en el hocico. Dizque fue una pérdida muy lamentada en las discotecas al otro lado del puente, porque al parecer la muchacha y él hacían una pareja de baile bestial y montaban qué espectáculo, dijo.

Mi amigo y yo fuimos al baño y nos metimos lo que nos quedaba de perico. Él volvió a la pista. Yo me quedé en la parte de atrás, mirando el río a la luz de la luna y las cañas que ondulaban como en la película de las mujeres asesinas de samuráis, sintiéndome extrañamente feliz por primera vez en un montón de años y pensando que qué lástima no tener una canoa. Iría a la mesa y le diría a la muchacha, venga, no ponga esa carita, vamos a dar una vuelta. Y navegaríamos por ese río sucio, entre la luna y las cañas y el viento y yo le contaría la historia de las asesinas de samuráis. Echando las colillas todavía encendidas al agua. Las ratas corriendo a meterse en sus madrigueras excavadas en el lodo. Pero no había canoa y yo no era capaz de hablarle, mucho menos de sacarla a bailar. Estaba sembrado.

A los pocos días averigüé dónde vivía la muchacha y entonces empecé a seguirla por la calle, casi todas las tardes, cuando ella iba a ayudar en el negocio de ropa interior que tenía una prima suya. A veces, a la vuelta del trabajo, se comía un helado, sentada en la banca de un parque. La misma cara de amargada. Y qué lindo pelo que tenía, negrísimo natural, el brillo que despedía a la sombra de los árboles y la lengua roja y chiquita como de gato cada vez que peinaba el helado.

Otro día la vi salir de un cine con un tipo grande, de unos cincuenta años, y los seguí como diez cuadras hasta que se pusieron a besarse. Entonces me fui corriendo.

Otro día fue en un centro comercial. Estaba sola. Entró al baño y como se demoraba tanto yo me olvidé y me puse a mirar una vitrina. Cuando salió me agarró desprevenido. Quise esconderme pero ya me había visto. Me saludó de lejos. Ya no la seguí más. Me había visto y era como si ya no se pudiera jugar a ese juego. Me encerré en mi casa de la piedra como quince días.

Suena el teléfono. Contesto. Es mi mujer. Te vi, le digo. Ella se queda callada un momento. Dónde. Ahí en el centro. Ah, dice, ¿y por qué no me dijiste nada? Porque estabas muy lejos, contesto. ¿Comiste? Sí, comí. La empleada se tuvo que ir porque se le inundó la casa, dice mi mujer. Parece que ha sido grave. Le pregunto si le dio plata y ella dice que claro, que le dio plata de sobra y que va a ver cómo la podemos ayudar. Luego me cuenta que se va a demorar, que llegará tarde, sobre la medianoche. ¿Qué vas a hacer? Estoy invitada a comer en la casa de mi prima, dice. Colgamos.

Agarro el grabador y le doy al stop. Reproduzco la pista 003. Las voces de la televisión. Mi suspiro. Mi respiración. Todo muy bajito, muy discreto, pero se revuelve con el sonido que sigue saliendo de la tele, con el de la lluvia. Mi respiración. Todo se solapa con todo y reverbera.

Volví a ver a la muchacha varios meses después en una fiesta. Yo estaba mucho mejor, salía casi todas las noches y no me tomaba las pastillas que me mandaba la psiquiatra. La muchacha seguía igual que el día de la discoteca. La misma cara. Mi amigo había hecho una fiesta de despedida antes de irse a estudiar el doctorado. Nos invitó a ambos. La saqué a bailar y como ella hacía eso de dividirse en dos, poniendo cara triste y moviendo el culo a toda velocidad, yo pensé en esa película idiota de los 80 en el que unos muchachos se pasean por las fiestas con un muerto y lo hacen actuar como si estuviera vivo, moviéndole las manos y dándole de beber. Fuimos a la cocina, donde había perico servido en platitos de café. Nos dimos varios pases seguidos. Era la primera vez que hablábamos y fue ahí cuando me di cuenta de que no lograba disimular del todo el acento de campesina que le quedaba al fondo. Le pregunté de dónde era y dijo que de un pueblo, pero me pidió que no le preguntara esas cosas. ¿Te da vergüenza? No, es que no me gusta el pasado, dijo. Los nostálgicos son unos huevones. Y yo debí de poner cara rara porque ella se puso a explicarme. Hay que mirar siempre para adelante, dijo, para atrás ni para coger impulso. Y yo protesté que no, que no se podía hacer eso, que todo se solapaba con todo, que el tiempo era un solo revoltijo. Ella se rió y se inclinó para meterse otra raya. Listo, dijo, borrado y requeteborrado. A mí la coca me deja duro pero no me borra, dije. No se me borra nada.

En cambio, dije, me concentro más en las cosas, las miro eufórico y a la vez me contengo y ser capaz de contenerme me pone más eufórico. ¿Qué cosas?, preguntó ella. Cualquier cosa. Por ejemplo, ahorita mismo tu pelo, dije, que es como de propaganda de champú. ¿Es pintado? Y puso cara de hacerse la ofendida. Es negro-negro, dije. Negrísimo. Pero ni hice amago de tocarlo y eso a ella le gustó porque se había quedado esperando a que intentara meterle los dedos sucios de papitas fritas. Pero yo no hice nada. Estaba duro y me contenía. Le dije que un día me había concentrado tanto que acabé moviendo una arveja. La carcajada le salió de adentro, involuntaria. En serio, dije, el plato estaba casi vacío, sólo me quedaba una arveja. Me concentré mucho y se movió. Ella se quedó prendida de la carcajada, se le voltearon los ojos y sujetó mi brazo como si estuviera a punto de caerse o como si le faltara el aire.

Durante los siguientes días cumplimos con los rituales de cine, helado y comida hasta que una de esas veces nos fuimos a un motel. Ella lo eligió. Se ve que lo conocía de antes. Quedaba muy lejos de su casa y de la mía, un sitio medio sórdido donde pasaban la noche los comerciantes que iban y venían del puerto. No quise preguntarle las razones de esa elección pero sospeché que tendría que ver con su difunto, que era como el maestro de ceremonias oculto de todo lo que nos iba pasando.

Me acuerdo de la recepción con muebles rojos donde atendía una señora negra y flaca. Adentro había un patio con el techo cubierto, una piscina verde, un trampolín y tumbonas de plástico. La muchacha me explicó que el sitio había sido un hotel de narcos. Y se notaba en ciertos detalles. La pieza que nos dieron tenía alfombra, ventiladores de aspas azules, un televisor viejo con recubrimiento de formica. La verdad es que era como para salir corriendo, pero ya habíamos llegado demasiado lejos. Entramos a la pieza, cerramos, nos sentamos en el borde de la cama. Intercambiamos algunos chistes tontos sobre la decoración y listo. Así comenzó la cosa. Ella me revolucionó. Me cuesta mucho hablar de esto, pero voy a intentar explicarlo: hasta ese día yo había tenido un trato más bien bovino con el cuerpo de las mujeres. Una cosa medio mojigata y burguesa. Ella no. Ella follaba como si se fuera a morir al día siguiente.

Y sobre todo, hablaba. Qué bien hablaba. Eso a mí me sorprendió porque estaba acostumbrado a mujeres que no decían nada. A lo sumo gemían despacito. Y yo tampoco decía nada porque tenía metida en la cabeza la pendejada de que follar era un lenguaje aparte, sin vasos comunicantes con las palabras normales, cuando en realidad todo estaba mediado, tamizado por esbozos de un lenguaje en ruinas y por una turbulencia que peinaba los contornos de las palabras, como quitándoles la caspa del significado. Ella no, ella hablaba y hablaba con un lenguaje que traía de otro barrio, me echaba todo su subdesarrollo en la cara y decía papi, apretame fuerte, papito, quebrame, papi, que esto es para que vos lo rompás. A mí al principio me daba risa y me sentía medio ridículo. Pero con eso le bastaba a ella para hacerme saber que había que buscar adentro de uno, bien adentro, hasta encontrar una palabra. O una frase entera. Daba igual porque el significado lo barría la turbulencia. Y había que dejar caer esa palabra encima del otro porque cuando uno daba con la palabra justa algo se rompía, una membrana, un hilo. Y entonces ya podíamos salirnos de madre y rebuznar y reducir las palabras a virutas. Había que dar con una palabra para acabar con las palabras. A veces bastaba con una frase ingenua. Te gusta que te rompan o algo así, te gusta, puta, te gusta que te rompan. Y ella que sí, que le gustaba que la rompieran y entonces ya no había membrana sino un charco de lodo, como arrastrarse en un charco de lodo y descubrir que uno está hecho de ese mismo lodo y sus piernas blancas suaves y el lodo en el culo y el pescuezo desnudo, las manos en el lodo. Una materia prima para hacer cualquier cosa, de verdad cualquier cosa. Las reglas, lo verosímil, todo eso se borraba, no quedaba ni la cáscara. Ya no estaba allí. Las cosas terminaban todas y volvían a empezar revolcándose en ese lodo, una revolución de la materia prima de la que dependía todo, una verdadera lucha de clases. Porque era ella la que buscaba, cuando buscaba adentro, bien adentro, ella buscaba no una palabra de amor sino un insulto de amor donde su enfermedad y la mía ponían sus huevos. Y sólo así, con el insulto de amor que abría las puertas de la Violencia, era como ella lograba dar con los huevos y ponerles nombres bonitos que se me chorreaban encima cuando estaba toda rota y abierta. Y yo entendía. Entendía lo que pasaba pero era imposible ponerse a salvo. Los huevos estallaban desde adentro con las palabras. Ahora estábamos subidos en la antena del descuartizamiento, en el gran despescueznarizorejamiento y la eclosión secreta de la enfermedad en un amor sin piernas, sin brazos, sin cabeza, todos los miembros sin nombre en la sintaxis de la gran antena, en las emisiones de la gran antena, nombrada con los nombres salados que se disuelven en el filo de la dosis, un insulto inhumano que se descuelga por sus mismos belfos, tos animal y exoesqueletos que se rompen a la luz de los mosquiteros, entregados a la babosa tarea de despescueznarizorejar y ser despescueznarizorejados.

El teléfono suena otra vez. Pero no es el teléfono de verdad, sino la grabación de la pista 003. Escucho mi voz, la conversación que acabo de tener con mi mujer. Te vi, le digo. Ahí en el centro. Y ahora pienso que quizás sí era ella, quizás sí y quizás sí me vio ahí en la placita. Quizás mi mujer ya no es mi mujer sino esa mujer de la calle, una bruja mala, una desconocida.

¿El lobo no puede mirar atrás sin volverse completamente? ¿O sea que siempre mira hacia adelante? ¿O sea que no está hecho para el arrepentimiento? A mi mujer le gustaría esa cita. Cuando vea a mi mujer le voy decir: ¿sabías que el lobo no puede mirar atrás sin volverse completamente? Eso dice Roberto Ripley en su sección «Aunque usted no lo crea» del diario *El Relator*, con fecha del 16 de septiembre de 1931, propiedad de don Luis Zawadzky. Hablar solo y en voz alta le da pudor a los pudorosos. A mí la voz se me desboca y si la voz intentara mirar hacia atrás tendría que volverse del todo y mirar hacia adelante. Pista 004. Y a mí qué. Eso diría ella. Y a mí qué. Y entonces yo le recordaría su filosofía de mirar siempre hacia adelante, para atrás ni para tomar impulso. Y la filosofía de emborronar cada recuerdo con un soplo de cocaína. Pista 005. Y a mí qué. Y a mí qué. Una tarde salimos del motel como a eso de las cuatro. No me acuerdo por qué pero esa vez no habíamos ido en carro. Salimos caminando y ella dijo que todo bien, que ella sabía dónde se agarraba el bus para volver. Por ahí en esa zona sólo había bodegas y algunas casas de dos pisos, de ésas que cuando se abre la puerta de metal lo único que se ve es una escalera gris que conduce vaya a saber adónde. Yo nunca he entrado a una casa de ésas, así que no lo sé. En las esquinas aparecían pandillitas de muchachos que le gritaban piropos ocurrentes a ella. Entonces, mientras andábamos por ahí atravesando esas muecas, esas risitas, ella me preguntó si pensaba ponerme a trabajar en algo o qué. Ella sabía que yo había estado internado. Sabía todo sobre mí y sobre mi familia porque en ese círculo reducido de la universidad se comentó mucho lo del amigo que se volvió loco y lo tuvieron que meter a un manicomio de ricos. Quiero estudiar, dije. Y ella dijo que yo estaba muy viejo para seguir estudiando. Entonces me voy a quedar como esa cometa, dije, señalando una cometa verde con una cola muy larga que volaba muy alto, por encima de los tejados. Nos quedamos mirando, alelados. De pronto otra cometa voló junto a la primera. Las dos cometas bailaban, se chocaban y si estaban a punto de perder altura se separaban de un brinco. Ambas tenían, amarradas a la cola, unas hojas de afeitar que soltaban destellos. Estábamos presenciando una pelea de cometas. Y justo cuando creíamos que la parábola sobre las relaciones de pareja estaba cerrada vimos entrar a otras dos, tres cometas. Cuatro cometas. No entendíamos nada. La lucha se hizo todavía más fiera. Las hojas de afeitar rasgaban el papel celofán, el viento arrecho enredaba las piolas. Y así fueron cayendo una detrás de otra en una lenta espiral de amor y odiosidad política.

El cielo quedó limpiecito. Nosotros seguimos caminando y los muchachos ya no nos prestaron atención. Bobo, dijo ella. Luego resultó que estaba perdida y no tenía ni idea de dónde se tomaba el bus, pero no me dijo nada sino que se portó como si supiera exactamente lo que hacía. Por aquí, pió con su vocecita aguda. Y me llevó cada vez más lejos y cuando protesté ya era tarde. Estábamos bien perdidos. Y ahora sólo había potreros y bodegas. Ya ni casas. Anduvimos así no sé cuánto tiempo hasta que llegamos a una hondonada. Al otro extremo se alzaba un muro muy largo con torres de vigilancia en cada punta. Del otro lado se veían las chimeneas de una fábrica. El ronroneo constante de las máquinas inundaba todo el espacio. A un costado del muro, en el fondo de la hondonada, se estiraba una autopista de cuatro carriles. Ella dijo que no le sonaba todo eso, de modo que ordenó dar media vuelta, hacia las bodegas otra vez. Después de un rato largo llegamos a un puente, junto a una hilera de casas a medio construir, sin puertas ni ventanas, el ladrillo en carne viva. Mientras cruzábamos por encima de un río estrecho que bajaba crecido y con olor a podredumbre, nos salió al paso un señor sin camisa, la barba y el pelo largo untados del mismo pegote, las encías casi peladas. Dijo que era un faquir y que se ganaba la vida sometiendo su cuerpo a las pruebas de resistencia más atroces. Hoy voy a saltar por este puente. Nos pidió que le diéramos unas monedas a cambio de la proeza. Yo le di todo el suelto que tenía y el tipo lo metió a una bolsa de plástico que a continuación se ató a la guasca que le servía de cinturón. Luego se subió al borde del puente, cerró los ojos, respiró hondo, dijo sus plegarias y saltó. Un salto torpe. Como de gallina. Su cuerpo se hundió en la superficie sin que el estallido se destacara por encima del ruido de la corriente. Pasaron unos instantes y el agua marrón no devolvió nada. Ella corrió a la barandilla opuesta para ver si el río lo había arrastrado. Nada. Esperamos un rato. Lo llamamos a gritos. Señor, señor. Pero el señor no apareció. Esperamos otro rato. Y nada.

Suena el teléfono. Es la psiquiatra. Me pregunta si estoy mejor. ¿Mejor de qué? Luego me pide que le diga todo lo que sé sobre mi nana, nombre, edad. Todo. Quiero saber para qué. Para encontrarla, dice. ¿Y para qué querés encontrarla? Decime lo que sepás y dejame hacer mis averiguaciones, contesta ella, exasperada. Le doy el nombre, los apellidos, la edad aproximada, describo su rostro. ¿Alguna señal? Ninguna. En el rostro, ninguna. Tampoco era renga, ni le faltaba un ojo. Nada raro. Una negra con los brazos amasados de haber lavado mucha ropa.

Por el modo vago de asentir deduzco que la psiquiatra apunta lo que le digo.

Listo, dice. Vamos a ver qué se puede hacer. Le pregunto cómo piensa encontrarla y dice que tiene una amiga en la fiscalía, una amiga que busca gente desaparecida.

6]

Parece que ha dejado de llover. La psiquiatra me pidió que la acompañara a una chatarrería cuyo dueño suele encontrarle piezas valiosas. Tiene buen ojo, según ella. Vamos en el carro por la autopista norte, hacia las afueras, y ella se queja de lo duro que es ser anticuario y restaurador en un país como éste. Dice que aquí nada se desperdicia, todo se usa sin descanso. Las cosas que botan los ricos pasan de mano en mano y van perdiendo forma, brillo, valor y así, cuando han llegado a lo más bajo ya no sirven para nada. Son menos que baratijas. Pierden el aura, dice.

No hay objeto que resista esa cadena de corrosión, de gasto. Por eso hay que encontrar puntos blandos en la cadena, dice, espacios donde esos objetos se alojan temporalmente como depósitos, chatarrerías, talleres y hasta basureros. Tiene la teoría de que la nobleza de los lugares depende en gran medida de que algunos objetos puedan salir de circulación y envejecer tranquilamente, sin que la gente los esté manoseando. Nuestra ciudad está lejos de satisfacer esa idea de nobleza. Lo dice en parte porque tuvo suerte. Heredó una finca cafetera que estaba llena de cachivaches antiguos, incluyendo dos pianos, espejos, navajas, barriles de ron, maquinaria antigua para procesar el café y no sé cuántas cosas más. También tiene la teoría de que la clave de su negocio es la nostalgia y por eso ve tantas películas, para sacar ideas. Se descarga un montón de cine de los años 40, toma apuntes en una libreta. Dice que prefiere los clientes nostálgicos. Casi siempre quieren un objeto que les ayude a reconstruir un paraíso infantil, a invocar algún fantasma, aunque en los últimos años sus clientes son por lo general nuevos ricos, jóvenes lagartos deseosos de ostentar un gusto que no han cultivado. Simplemente quieren objetos que los hagan parecer distintos a otros nuevos ricos. Esos no sienten nostalgia, así que son fáciles de complacer. Andan buscando cosas viejas que evoquen en sus invitados la fantasía de alguna abuela extranjera, la europea sofisticada y neurasténica que por azares de alguna empresa colonial se quedó a vivir en el trópico hace muchos años, esa clase de cosas. Otros quieren reforzar una genealogía inventada de orgullosos terratenientes con apellidos. El año pasado tuve que restaurar un trapiche viejísimo, dice, de los que se hacían girar con mulas. Era para un tipo que lo quería instalar en el centro de la sala de su casa. ¿Te imaginás? Al final quedó muy bien hecho, un trabajo de primera y perdonarás la inmodestia. Lo malo es que todos los otros muebles que había alrededor eran horrorosos. Ni hablar de los cuadros de caballos. La gente está enferma, dice, enferma de verdad, pega una cosa con otra y con otra y con otra, hace verdaderas monstruosidades, quimeras tan estrambóticas que al final uno sólo se puede reír, entregado a la extravagancia.

El buen gusto lo inventó el diablo, le digo, pero ella no me escucha. Son unos mentirosos tristes, como todos los mentirosos, sigue. Mienten y mienten y creen que la gente no se da cuenta, viven rodeados, literalmente rodeados de mentiras. Las cuelgan, las exhiben con orgullo. Y algunas personas aprovechadas nos dedicamos a fabricárselas.

Durante un rato avanzamos en silencio, viendo las calles mojadas.

La gente está enferma, insiste, ahora con un poco de rabia o de asco. Es como si les hubieran robado el tiempo, dice, como si no tuvieran historia y tuvieran que hacerse una de mentiras. Por eso no sienten nostalgia, pobres. El buen gusto es nostalgia sin apego. El buen gusto es una cierta elegancia a la hora de negociar cotidianamente con la muerte.

El buen gusto lo inventó el diablo, repito.

Esta vez sí me escucha. Me mira con aire divertido. Le sonrío y digo que hoy he descubierto que el buen gusto lo inventó el diablo. Y quién es el diablo, quiere saber. Y yo contesto que el diablo es el diablito del buen gusto. Luego le cuento la fábula del diablo de los negros que al final salta dentro de la palangana. Tendría que pensarlo, dice. ¿Un diablo que se viste mal y del que todos se burlan pero al final resulta que el diablo se viste mal porque quiere que la gente se vista bien? ¿Y para qué querría el diablo que la gente se vista bien? No sé, digo. Raro, ¿no?

Se queda pensando, mira por la ventana. Algunas calles están de verdad inundadas, el agua cubre la mitad de las llantas de los carros. Por suerte parece que ya escampó. Da gusto ver cómo verdean las hojas de los árboles.

En todo caso, dice, me reafirmo en lo que te estaba diciendo: esta gente está enferma. Tiene un problema con su propia historia y por eso tiene mal gusto. Quieren parecer lo que no son.

Ya en las afueras de la ciudad nos desviamos por una callecita estrecha. A los dos costados hay potreros vacíos con material de construcción, mezcladoras de cemento, casitas hechas para alojar temporalmente a un vigilante o para guardar las herramientas. Hay también algunas fábricas pequeñas. Huele a químicos. A veces a tierra mojada. El nivel del agua nos obliga a avanzar muy despacio. Hay un gato ahogado flotando en una esquina. La psiquiatra se estremece. Sólo es capaz de mostrarse compasiva y solidaria con los gatos.

Al fondo está la chatarrería: un galpón de madera con techo de zinc y un lote muy grande lleno de cosas oxidadas de todos los tamaños.

Parqueamos el carro en un montículo de arena. Para llegar a la puerta del galpón tenemos que atravesar un barrizal.

Nos sale a recibir un señor vestido con camisa de cuadros y los pantalones remangados hasta las rodillas. Saluda a la psiquiatra efusivamente. Estrecha mi mano, me llama doctor. Se me metió el agua al taller, cómo le parece, dice, doctor esto y lo otro. Ya achicamos, menos mal.

Mientras nos hace pasar al galpón anuncia que tiene separadas varias cosas para la doctora. A ver si le sirve alguna, dice. Nos ofrece aguapanela caliente de un termo y como adivina que le vamos a decir que no, se adelanta y nos sirve en vasos desechables. La aguapanela está deliciosa. Tiene limón y hierbas aromáticas.

Salimos a la parte trasera. Hay un olor muy agradable a metal mojado. Nos movemos por los corredores entre las pilas de chatarra más o menos ordenada, montículos de tubos de escape, partes de motores, camas, sillas de oficina. Al final llegamos a otro galpón más pequeño. La puerta está cerrada con cadenas y un candado de los grandes. La cueva de Alí Babá, dice la psiquiatra. Adentro las cosas también están organizadas en pilas. Hay pelucas, zapatos, bisutería, muebles, marcos de gafas, lámparas. Terminamos de beber la aguapanela en la entrada. Luego la psiquiatra y el chatarrero se van por los rincones y discuten en voz baja sobre algún objeto. Ella mira, toca, se agacha, huele.

Yo me quedo en la entrada del galpón mirando hacia afuera. Enciendo un pucho. El cielo sigue espesando y da la impresión de que en cualquier momento se va a poner a llover otra vez. Las montañas de chatarra se superponen a distintas alturas debajo de las nubes grises. En la cima de una gigantesca pila de latas hay una perra que mira al horizonte. Un cachorro ladra e intenta colgársele de las tetas. Y así, de repente, por primera vez en todo el día veo venir el recuerdo del puerto. El recuerdo o el aluvión de cosas inventadas, soñadas, no sé, pero todo viene intenso y claro, como si lo estuviera viendo.

7]

Esperamos en una banca junto al muelle y asistimos a la entrada ceremoniosa de un barco de carga. La nana cuenta los billetes antes de meter el fajo en su bolso. Las luces de la orilla sólo iluminan pequeñas porciones del gran barco, que se abre paso en la bahía con una lentitud que hace que el aire caliente parezca más denso que el agua. Ella me pregunta si tengo hambre. Sí, digo.

Caminamos por una calle sucia y oscura con hoteles y restaurantes de mala muerte. Hay un billar, varias cantinas que botan música y montones de gente que entra y sale, mujeres negras y hombres negros y ropa de colores chillones, luces débiles y anaranjadas que le dejan casi todo el espacio a la sombra.

Cruzamos la plaza, la que tiene el pedazo de chatarra que sirve de monumento al progreso de la ciudad en medio de unos árboles magníficos que nos recuerdan que la selva está ahí al lado, a tiro de piedra. Entramos a un edificio muy bonito donde funciona un hotel, el mejor hotel. La nana pregunta en la recepción por alguien, le dicen que espere. Al rato baja un señor, negro también, todos son negros menos yo, y le pide que se vaya, que la persona a la que busca no va a regresar.

Volvemos a la calle, desandamos el camino y bajamos otra vez al muelle. Caminamos por una larga plataforma de cemento con barandas de metal. A un costado se ve la bahía abriéndose hacia el mar y al otro, el agua medio estancada donde flotan algunas barquitas. La música que viene de las calles cercanas no impide escuchar el canto de las ranas y los grillos. Algo más grande se mueve y chapotea en el agua oscura.

Al final de la plataforma hay un callejón estrecho, casas de madera paradas sobre largas estacas que se clavan en el lodo. Luego otra calle más amplia con discotecas. Ahí, en una esquina, nos subimos a un bus.

Dentro del bus suena la misma música que en la calle, la luz es muy tenue y apenas hay pasajeros. Debe de ser muy tarde. La nana me tira de la mano pero yo me quedo alelado viendo las pinturas que adornan el techo de latón. En la primera hay unos astronautas clavando una bandera blanca sobre la superficie de la luna. La bandera tiene el nombre de una mujer escrito en letras rojas. En la segunda pintura están Adán y Eva comiéndose una papaya. La serpiente intenta ofrecerles una manzana pero ellos no le hacen caso. En la tercera pintura hay una ciudad de ciencia ficción con naves que vuelan entre los rascacielos. Al fondo, en lugar del sol, sale la cabeza del Che Guevara aureolada con unas letras color esmeralda: La Lucha nos llevará al Futuro. Hasta la Victoria Siempre.

Nos sentamos en las últimas y por la ventanilla vemos las luces del puerto y el olor a cosas podridas. Yo me quedo dormido por momentos pero algo me dice que debo mantenerme alerta. La nana ya no parece preocupada o triste como antes.

Nos bajamos del bus frente a un lote enorme donde se alza una feria con carpas, juegos mecánicos, una rueda panorámica y un letrero de metal sobre la reja de la entrada que dice River View Park. La nana pregunta en las taquillas por alguien y un muchacho que la reconoce nos hace pasar. La persona que buscamos está en la carpa de los simios. Eso nos dice el muchacho, que nos da instrucciones. Pasamos al lado de varios juegos y yo me emociono. Hay un cohete espacial, los carritos chocones, unas sombrillitas voladoras. Le pido a la nana que me deje subir. Más tarde, dice. Llegamos a la carpa. El tipo que custodia la entrada también la reconoce. Damos la vuelta por la parte posterior y accedemos a un cuarto donde se reúne un grupo de muchachos disfrazados de simios. Uno de ellos se quita la cabeza de simio y saluda a la nana, luego me saluda a mí. Lo conozco. Es su hijo. Suele visitarla en mi casa los fines de semana. Pide permiso porque va a comenzar el espectáculo y nos invita a meternos entre el público por una abertura en la lona. El espacio no es muy grande. Caben apenas unas cincuenta personas. No hay asientos. El suelo es de arena apisonada. El escenario se abre y empieza a sonar música disco mientras una voz de barítono anuncia lo nunca visto y nos advierte que si somos demasiado sensibles aún estamos a tiempo de salir. Los violines frenéticos de la música disco preceden al inicio del espectáculo. Se abre otro telón más pequeño y al fondo, en una perspectiva algo deforme y vaporosa, surge una mujer blanca de pelo negro vestida sólo con un bikini rojo. Una jaula desciende sobre ella. La mujer mira a ninguna parte, como si no estuviera allí, baila agarrándose a las rejas. Cambia la música. Ya no es disco, sino un estacato de cuerdas como de película de miedo. El cuerpo de la mujer parece hecho de gelatina. Ya no es un cuerpo sino una imagen fluctuante. El humo que sale de una máquina acentúa el efecto. La mujer se agarra a las rejas y da la impresión de que exagera, pero eso sólo consigue multiplicar el terror, como si la sobreactuación lindara con algo inefable y atroz. Sus gestos anuncian que algo de verdad horrible está a punto de ocurrir. La transformación se desencadena entre gritos de dolor o de placer. El proceso convierte a la mujer en un simio ante nuestros ojos. Un simio salvaje que sacude las rejas y produce un ruido que hiela la sangre. Otros simios, decenas de simios, salen de no sé dónde y se abalanzan sobre el público. Se escuchan gritos de espanto. Yo cierro los ojos y me acurruco en el suelo. En el peor momento las luces se apagan. Ya no hay estacato. El silencio es aún peor. Estoy muerto de susto, a punto de mearme encima. Pero ese estado de oscuridad y silencio total no dura mucho. Las luces se encienden y se reanuda también la música disco. Todo vuelve a la normalidad. Ya no hay ningún simio y la mujer sale de la jaula y se pasea delante del público saludando con una mano y tirando besos con la otra. La voz de barítono pide un aplauso.

La nana, su hijo y yo salimos del parque de diversiones y esperamos un bus que no llega nunca. Entonces empezamos a caminar. Apenas puedo creer que su hijo estuviera dentro del disfraz de simio. Parece tan inofensivo. Además es muy flaco y muy alto y su voz es elástica como una varita de bambú.

Caminamos vaya a saber cuánto por calles cada vez más oscuras, cada vez más estrechas hasta que ya ni siquiera se ven casas, ni alumbrado público, nada salvo un caminito en medio de los árboles. Toca encender una linterna. Algo pasa arrastrándose a toda velocidad. La nana me agarra la mano.

Llegamos a un barrio junto a un manglar sucio, el agua llena de basura flotante y el olor a mierda, las casas sobre pilares de madera clavados en el barro, no hay luz eléctrica en ninguna parte. Eso parece. Un grupo de hombres y mujeres charla en voz baja a la entrada de una casa. Se alumbran con velas. Todos saludan al vernos pasar. Algunos hacen chistes sobre el niño blanquito. Hace mucho calor. Los hombres van sin camisa y descalzos.

El hijo de la nana vive junto a uno de los caños del estero. Su casa es grande en comparación a las demás porque se mete varios metros sobre el agua. Una vez adentro, encienden las lámparas de petróleo.

Hay una mesa de madera no muy grande, algunas sillas, un afiche de un futbolista negro rodeado de futbolistas blancos, una estampita de la virgen, una radio vieja, un chinchorro y una atarraya.

La nana se pone a cocinar. Yo me quedo en la mesa, escuchando al hijo que me dice cosas simpáticas con su voz de palito de bambú. Me río pero tengo sueño y hambre. Mis zapatos están totalmente embarrados. Las cosas vacilan a la luz de las lámparas de petróleo.

Al rato vuelve la nana con un plato que contiene un huevo frito y dos tajadas de plátano maduro. Como muy rápido y ella me reprende. Despacito, dice, despacito. Agua molida y viento raspado. Comé despacito, mi amor. Comé despacito. Agua molida y viento raspado, lo que comen ahí afuera los que no tienen que comer. Comé despacito para que te aproveche. Pobrecitos los que no tienen que comer. Agua molida y viento raspado.

Luego me acuesto en el chinchorro y me quedo dormido y mi sueño les pasa el trapo a todas las imágenes del día como hace la nana con las cosas para dejarlas relucientes. Sueño con un barco enorme, sueño con una mujer que se transforma en simio, sueño con un monumento de chatarra.

Pero el calor me despierta a media noche.

Estoy junto a la nana en una camita. El olor de la nana estancado bajo la gasa del mosquitero y una ventana abierta por la que no entra el fresco. La luz de la luna sí se cuela bien al interior de la casa. Intento despertar a la nana para pedirle un vaso de agua pero no hay manera. Está muy cansada. Salgo del mosquitero, los tablones crujen bajo mis pies. A tientas cruzo el espacio donde está el comedor y el chinchorro. Sigo por un pasillo y llego a la cocina, donde hay un fogón de leña con rescoldos aún vivos, algunas ollas y una pila con una manguera de la que no sale nada. En una palangana queda un poco de agua limpia. Mientras lleno el vaso escucho un lamento ronco que viene del fondo de la casa y entonces me doy cuenta de que no me he despertado sólo por el calor y la sed. También estaba ese lamento como un goteo insistente sobre la superficie del sueño. Me bebo el agua lo más rápido que puedo. Tengo miedo. Pienso en los simios, en la mujer del bikini rojo, pero sobre todo pienso en la oscuridad y por un momento percibo un sabor, un signo de aire salado que se diluye pronto y me deja con la sensación de haber estado a punto de comprender algo. La construcción es una buena caja de resonancia para el chapoteo leve del caño espeso y cargado de lama, golpes de una madera contra otra, quizás una canoa que se menea con el vaivén del oleaje remoto y choca contra las estacas en las que está amarrada. Y cuando menos lo espero, suena otra vez el lamento como de sapo gigante metido en una lata. Me asomo al fondo del pasillo: una puerta abierta por la que se ve el patio y a un costado, el temblor de una luz muy débil asomando por las grietas entre tabla y tabla. Otra puerta. Me acerco despacio y voy reconociendo que el lamento es una voz. Una voz humana. Alguien que habla sin tregua y de un modo que hace pensar en un grifo que hubieran dejado abierto por descuido. Empujo la puerta. Hay una lámpara de petróleo sobre una silla de madera. Algunos papeles sucios en el suelo, revistas deportivas. El mosquitero gigante. Me arrimo al borde de la cama. A través de la gasa veo algo que parece una cabeza humana pero no reconozco sus rasgos, no se le ven los ojos, ni los labios, ni la nariz. Es una masa informe, negra y llena de úlceras entre las cuales se distinguen por momentos algunos dientes, la lengua amoratada. Un brazo negro, también ulcerado, inmóvil sobre la sábana blanca. Lo único seguro es que la voz viene de ahí. La voz no puede mirar atrás sin volverse completamente, está desbocada y me arrastra y cuando quiero darme cuenta ya corro a su lado, llevo horas intentando comunicarme con usted, ajú, tantas horas que han virado años, añales, ajú, haciendo un bochinche de señas para que se presentara, tengo un mensaje para usted, recíbalo y emítalo cuando llegue el momento señalado, es un mensaje de guerra de parte de sus majestades los príncipes de la República Soberana de Haití, hemos preferido recurrir a los hilos de la telegrafía porque ya nadie los usaba, atención, atención, escuchen todos la historia de los bellos príncipes, los hijos dilectos del Gran Emperador, que en la noche oscura del 21 de diciembre de 1816 zarparon junto a un batallón de doscientos libres ciudadanos negros de la República de Haití y que, tras caer en manos de las tropas realistas durante la batalla de liberación de las nuevas provincias, a escasos días de que se llevara a cabo su ejecución pública, consiguieron escapar y reunirse de nuevo con las tropas leales al Libertador, quien, inspirado por el valor y el arrojo de estos héroes, resolvió encomendarles una misión secreta en territorio reconquistado por el enemigo chapetón, al suroeste, en las estribaciones de un río pedregoso de aguas oscuras, y nuestros héroes, ni cortos ni perezosos, emprendieron el viaje y desempeñaron su tarea con tanta eficiencia que, gracias a sus valiosos informes, fue posible elaborar la estrategia militar que culminaría con la liberación de la región entera, amén de la abolición del régimen de esclavitud para todo aquel que se uniera a la causa, aunque, por supuesto, la batalla no se ganó sin bajas importantes y sin prisioneros a los que se trataría con la mayor crueldad para que cundiera el ejemplo entre los sublevados, prisioneros como nuestros dos príncipes, los héroes de esta fábula, que después de pasar unos días en la cárcel de una ciudad de paredes blancas, en la madrugada del 4 de junio de 1817, se les infligió el máximo castigo y fueron fusilados junto a ocho prisioneros más en el paredón del cuartel militar a las órdenes del frío y despiadado chupacirios, General Esto y lo Otro de Más Acá, quien decidió también que los ajusticiados blancos recibieran funerales de gala en la catedral de la ciudad, mientras que nuestros héroes negros fueron arrojados a una fosa común, y no obstante, lo que el frío y despiadado vampiro General Esto y lo Otro de Más Acá no sabía es que nuestros héroes no estaban muertos porque ya estaban muertos antes de que los mataran, y eran muertos vivos que mantenían viva la llama de la muerte en vida desde antes de haber nacido, así que los dos príncipes se levan-

taron de la tumba esa misma noche y antes de que
nadie pudiera verlos salir del camposanto, se qui-
taron el uniforme militar y corrieron bajo la luna
llena sin ropa alguna que les tapara el pellejo, como
animales, como negros, hasta perderse en la espesura y gritando adiós, hermanos, digamos adiós a
todo esto y hundámonos en la espesura negra donde nos aguardan los altos misterios de la voz desbocada, adiós, hermanos negros, adiós a los mundos que se despiden, adiós a todo, ahogados los
mundos que se despiden desde el otro lado de las
lágrimas, que se están despidiendo sin cesar a través
de los cables del telégrafo donde ponemos a secar la
ropa, nuestra humilde ropa de leprosos que amorti-
gua la vibración del mensaje de guerra de los mil,
mil, mil, mil, de las mil lepras, mensaje recibido, mensaje recibido, agua molida y viento raspado, ahora
voy a contarte más cosas pero escucha bien, escucha, pista 009, pla-cutucuplá-cuplá, pista 010, pista
11, pista 12, escúchame bien, negro, que te voy a
contar cómo fue cómo fue cómo fue cómo cómo

8]

Llueve otra vez. La chatarra se moja y desde mi
montículo todo el lugar brilla como un animal gi-
gantesco, sin pies ni cabeza, puro lomo y costillar

bajo el manto baboso. A través del ruido de la lluvia distingo los gritos de la psiquiatra. Grita mi nombre, que reluce un instante como otro pedazo de chatarra. Luego se apaga.

Un paraguas azul a la deriva. Lo veo errar entre los montículos. Acá, grito, acá estoy. La cabeza de la psiquiatra asoma bajo el paraguas. Se acerca, moviéndose con dificultad sobre el terreno embarrado.

¿Qué hacés ahí, todo mojado?, pregunta, ya al pie de mi montículo. Esperarte, digo.

Caminamos juntos hasta el galpón, donde nos espera el chatarrero, sonriente. Buen tipo, el chatarrero. No se ríe con esa risa mezquina del que acaba de cerrar un negocio. Lo suyo es una risa profunda, con su brillo humilde como el del carbón. Nos estrecha la mano, primero a mí y luego a la psiquiatra. El chatarrero nos acompaña hasta el carro sujetando el paraguas para que no nos mojemos, como si fuera nuestro criado. A él no le importa mojarse y sigue sonriendo igual. Luego, cuando ya estamos arrancando, el tipo se queda ahí parado debajo de la lluvia y cierra el paraguas. Nos hace una seña con la mano, el pelo y la ropa empapados, la mirada fija en la ventanilla de la psiquiatra. Entonces su sonrisa ya no me parece tan buena. No es un hombre avaro pero espera algo. Es servil. Tiene intenciones ocultas.

Como todo el mundo, dice la psiquiatra cuando le cuento mis impresiones sobre el personaje. Se queda callada para que yo reflexione, como hacía cuando estábamos en terapia. Supongo que ha detectado algún rasgo de paranoia. Se lo hago saber y ella no dice ni que sí ni que no. Su cabeza describe el signo de infinito, el ocho acostado, mientras las plumillas del parabrisas niegan, porfiadas. Y la lluvia sí, sí, sí, sí.

No volvemos a hablar en todo el camino.

Cuando llegamos a su casa nos bajamos corriendo y entramos derecho hasta el taller. Me siento en el sofá. Ella me da una toalla para que me seque la cabeza. Me quito los zapatos, que están llenos de barro. Ella hace lo mismo. Se sienta al lado, mira durante unos instantes el tocador que debe restaurar, echa la cabeza hacia atrás y suelta un suspiro largo. Le acaricio la cabeza, la mejilla. Me entran unas ganas repentinas de besarle la nuca. No lo hago. Aunque la caricia se prolonga quizás demasiado y ella se da cuenta. Me ataja rápidamente. ¿Te conté que estoy saliendo con alguien?, dice. Y como le contesto que no con aire ausente, dándole a entender que no me importa, ella agrega solamente que está saliendo con el artista. ¿Qué artista?, pregunto. El de la galería, dice. ¿El de las piedras? Sí, dice, el de las piedras. Tengo algunas acá, ¿querés verlas? No sé por qué le contesto que sí, que las traiga. Me arrepiento de inmediato porque eso nos distrae de mi propósito de besarle la nuca. Entonces desaparece unos segundos y regresa con una bolsa de plástico. Vuelve a sentarse a mi lado y con un gesto absurdo me enseña las piedras, todas iguales, cada una envuelta en un papel. Es obvio que quiere hablar de él pero yo no le doy pie. Agarro una de las piedras, la levanto a la altura de mi cabeza y la examino como si fuera un joyero que mira a través de una lente. Hago un gesto de aprobación farsante. Ella se ríe. Tonto, dice, no te burlés, que sos un ignorante y no tenés idea. Admito mi incompetencia con aire burlón y ella intenta bajar la conversación a un terreno serio: es una pieza política, dice. Quiero saber por qué y le pido que me explique poniendo cara de pendejo. Cada piedra está envuelta en una carta escrita por un indígena, dice. Son protestas de los indígenas, demandas, exigen el cumplimiento de sus derechos. Se supone que el comprador de cada piedra debe arrojarla en algún lugar para que la protesta llegue a muchos sitios. ¿Y vos?, digo, ¿dónde vas a tirar las tuyas? La psiquiatra sonríe. No sé, no lo había pensado, dice.

Quiero saber si planeaba quedárselas, guardarlas en su casa o ponerlas de adorno, amontonadas en alguna repisa. Ya te dije que no lo había pensado, repite irritada. De inmediato sugiero que podríamos arrojarlas en algún sitio y fantaseo en voz alta con hacerlo en mi conjunto residencial, con romper los cristales de los vecinos. Ella no está receptiva, al menos no en el plano que me interesa. Entonces le digo que quizás sería mejor hacer una montañita con las piedras en un rincón de la sala, así tendría de qué hablar con las visitas. Idiota, dice.

Guardo silencio.

Me molesta que te burlés de la gente con la que salgo, dice. Siempre hacés lo mismo.

Le digo que no es así, que me alegra que esté saliendo con el artista.

¿Por qué me volviste a llamar después de tantos meses?, dice. ¿Querías verme a mí o de verdad estabas angustiado?

Lo pienso un momento. No sé, digo. ¿Te sentís solo?, pregunta. Sí, digo, me siento solo. ¿Tu mujer no te para bolas y por eso me llamaste?

No respondo a su pregunta. Le pido que cambiemos de tema, que no hablemos de nosotros, que prefiero hablar del artista. Ella agarra una de las piedras y hace como si amenazara con partirme la cabeza. Piedad, digo, con las palmas juntas. Sonreímos. Sonrisas un poco amargas.

Yo también tomo una de las piedras de la bolsa y me pongo a darle vueltas. Me gusta, digo condescendiente, es una buena idea. Ella está de acuerdo. Además, dice, la instalación estaba hermosa, esa montaña de piedras era impresionante. Yo repito lo del túmulo funerario que le escuché decir a la modernita de la galería. La psiquiatra me escucha con verdadero interés. Entonces se me ocurre que deberíamos leer lo que los indígenas han escrito en las cartas y le pido que me deje quitarle el envoltorio a una de las piedras. Inicialmente ella se niega de plano. Dice que el concepto mismo obliga a mantener cierto secreto sobre el contenido de las cartas y que la idea también es una alusión a la obra clásica de un artista francés. El conceptualismo también funciona con citas, dice. Pero yo le hago ver que hay una contradicción entre ese conceptualismo frío y una propuesta de acción política más frontal, que una cosa niega a la otra y que es necesario elegir una de las dos. Me quedo con la segunda, digo. La psiquiatra se lo piensa un rato. Cede. En silencio, con cierta reserva cargada de emoción. Repentinamente se infantiliza ante la posibilidad de trasgredir.

Ella misma desata el nudo de la cabuya, retira el papel y lo desdobla. La hoja está vacía. Era algo casi previsible, pero igual nos desconcierta. La psiquiatra repite la operación con el resto de las piedras que tiene en la bolsa. Todas las páginas están vacías, excepto una que tiene salpicaduras de pintura roja. Luego alinea sobre el suelo cada piedra con su respectiva cuerda de cabuya y su hoja en blanco, formando columnas. Estamos mudos. Ella me lanza una mirada perpleja. Nos reímos pero no sé si lo hacemos porque compartimos el supuesto chiste o porque seguimos en suspenso. Yo al menos no acabo de entender. No sé si hemos desenmascarado a un mentiroso o si la mentira es algo calculado, una forma retorcida de mantener un misterio. No entiendo nada. La psiquiatra tampoco. Se queda mirando las hojas alineadas en el suelo. Suspira. Masculla algo sobre la posibilidad de que el arte sea sólo un mal chiste. Algo creado para provocar la risa socarrona de algunos dioses menores. Me dan ganas de volver a acariciarle la cabeza. Pero me reprimo.

9]

De vuelta en el carro abro la guantera y veo en el celular que tengo varias llamadas perdidas. Todas del administrador de la empresa, el hijo de mi socio. Tendría que haberme reunido con él hace un par de horas. Lo llamo y me disculpo. Le digo que se me presentó un inconveniente. No se preocupe, dice, pero es urgente que nos veamos. ¿Cuándo?, pregunto. ¿Mañana? No, no, dice, hoy mismo. Quiero saber de qué se trata y él contesta que no me lo puede decir por teléfono, pero que es importante. ¿Es algo de la empresa? También, dice, pero tiene que ver con mi papá. Luego me da una dirección que yo anoto en un papel y me pide que me presente allí en media hora. No falte, por favor. Es urgente.

Ha vuelto a escampar y casi no hay tráfico.

Atravieso media ciudad por avenidas casi anegadas. Los charcos son profundos. El aire, vaporizado y caliente.

Llego a una zona donde conviven casas viejas y bodegas de almacenamiento. Conduzco despacio para ubicar la dirección. La zona me resulta vagamente familiar. Pronto descubro el motivo: estoy a escasas dos manzanas del motel donde solía ir con mi mujer al principio del todo. Me siento a una mesa y espero. He llegado diez minutos antes de la hora pactada.

Mi mesa está sobre la acera, debajo de una marquesina de lata pintada de colores chillones. Hay obras en toda la calle, maquinaria pesada. Mucho ruido. Una malla verde de material plástico se extiende varias cuadras y no deja ver lo que hay en la acera de enfrente.

Pido un kumis.

Pasa un rato largo. Empieza a oscurecer. Los obreros dejan de trabajar. La zona de obras queda en calma.

El administrador no se presenta a la cita. Lo llamo varias veces pero no contesta. En el fondo me alivia. Lo espero un rato más.

De pronto, siguiendo un impulso repentino, reviso el papel de la dirección. Aterrado, descubro el error. He invertido el número de la calle y el de la carrera. Eso quiere decir que el administrador estará esperándome en el extremo opuesto de la ciudad. El escalofrío que me produce la equivocación apenas dura. El alivio inicial es lo que persiste. No quiero ver a ese hombre, que últimamente sólo me da malas noticias.

10]

Recorro a pie las dos calles que me separan del motel, en medio de la penumbra. Antes de entrar a la recepción paso junto a un árbol lleno de pajaritos que producen un ruido casi ensordecedor. Atiende la misma vieja de siempre en el mismo mostrador, una señora negra y muy delgada, con unos pómulos arrugados que se le descuelgan sobre las mejillas. No parece que haya muchos clientes. Así lo indica el espesor del silencio que sopla por la boca del pasillo.

Mientras me toma los datos le pregunto a la señora por los pajaritos del árbol, pero ella está demasiado concentrada en escribir mi nombre, algo que parece exigirle un esfuerzo desmesurado. Tal como me cuesta a mí pronunciarlo, mi nombre y todos los demás nombres. No puedo decir nombres. Algo no me deja.

Al final me da una pieza que, según ella, es una suite imperial. Aunque no traigo equipaje un botones me acompaña hasta la puerta, abre y enciende la luz. No se va hasta que le doy dos mil pesos de propina. Cierro, apago la luz y me recuesto en la cama. Una ventana da a la calle, la otra al patio de la piscina. Por la primera todavía se cuela algo del atardecer. Huele a humedad, a viejo, a toallas mojadas y no encuentro nada remotamente imperial a mi alrededor. Aunque tampoco esperaba encontrarlo.

No sé qué esperaba encontrar. Quizás deseaba recuperar esta sensación de paz, este silencio bien amortiguado donde los ruidos quedan como esos insectos atrapados en ámbar, diminutas momias. En esa época era distinto porque en el patio de la piscina había una jaula con dos canarios y su canto hacía nudos ciegos alrededor de los otros ruidos. Después de follar, después de haber dormido unos minutos, yo me despertaba y me quedaba mirando al techo, escuchando todo esto. La muchacha seguía durmiendo. Quizás quería recuperar eso que yo sentía como un espacio libre de la enfermedad, no una sanación sino una tregua, un cese al fuego, donde volvía a vislumbrar la remota posibilidad de llevarme bien conmigo mismo. Con ayuda de mi mujer, claro. Siempre con ayuda de mi mujer. ¿Hace cuánto de todo eso? ¿Siete, ocho años? Parecen más. Alguien acaba de clavar en la piscina. El ruido, aunque bastante atenuado, es inconfundible. Saco el grabador del bolsillo y lo enciendo. Me levanto de la cama, me muevo por toda la pieza con el grabador en la mano. Voy al baño. Meo pero no descargo la cisterna porque haría un ruido demasiado invasivo. Me asomo por la ventana interior, la que da la piscina, y veo a un hombre subido al trampolín. Se prepara para hacer un clavado. Salta. Me pregunto si el micrófono alcanzará a registrar el estallido lejano del agua. El nadador vuelve a subirse al trampolín después de cada salto. Ese ciclo disciplinado establece una noción de orden que me perturba y me produce angustia.

Me alejo de la ventana. Vuelvo a recostarme en la cama y dejo el grabador sobre la mesita de noche para registrar lo que tengo que decir en voz alta: mi mujer no me quiere, mi mujer no me quiere, mi mujer no me quiere. Siempre estuvo enamorada del muerto. Solo podía follarse al muerto. ¿Y yo qué era? ¿Un médium? Mi mujer nunca me quiso. Hablaba pero no conmigo. Hablaba con su muerto. Sólo quería tener hijos con el muerto. No quería hijos míos. Estaba enferma.

Decir todo eso me hace sentir mejor, me quita un peso de encima. La verdad siempre es elegante y sencilla, como el buen gusto de la psiquiatra. Repito en susurros: Mi mujer no me quiere. Nunca me amó.

Y entonces puedo repasar las cosas con serenidad: la muchacha tristísima de la discoteca, mi deseo de acercarme a ella cuando supe que le habían matado a su novio y que por eso arrastraba esa cara de alma en pena por todas partes. Esa cara que se abría delante de mí como una piscina oscura en la que yo deseaba arrojarme una y otra vez y para siempre, perfeccionista y obstinado en la caída.

Y veo también nuestro prolongado baile secreto de polillas alrededor del farol, atraídos hasta esa luz, yo por ella y ella por el calor, por el aura de su muerto. Girando gráciles y despreocupados en torno a una misma bola incandescente de violencia.

Ha caído, por fin, la noche. Bien envuelto en la oscuridad me arrimo a la otra ventana, la que da a la calle. Abro el cristal. Un perro se pasea de un lado a otro de la acera. Medio aturdido, olisquea entre el pasto. Los pajaritos ya no hacen ruido en el árbol. Quizás duermen. El cielo sigue juntando nubes espesas de color rojo. No hace ni dos días que está lloviendo pero parece que lleváramos meses así, con este clima infame.

Se escucha un grito en sordina proveniente de alguna de las piezas vecinas. Aquí adentro estoy a salvo. Estas paredes lo absorben todo.

nojotro do no juimo a vé a mi sobrina que limpiaba en la casael dotor y como asía tanto caló noj metimo a la pissina así veringo nomá mi sobrina nos dijo que ezo no mejó no tío no se meta a esa pissina pordió que el patrón me regaña y qué nojíbamo a salí si eso lo quetaba era bueno oyé todo frequito las mujeres no están exentas de Desarreglos Estomacales Muchísimas mujeres como hombres sufren de indigestión y dispepsia Rostros fatigados y envejecidos demuestran los efectos enervantes de estos desarreglos Es tan fácil y sencillo corregir estas dolencias La MAGNESIA DIVINA después de las comidas proporciona un instantáneo alivio contra la sensación de pesadez y de cansancio Pobresita mi sobrina que no sabía que a nojotro no noj puén asé ná porque ya tamo mueto y a lo mueto no loj toca sino el diablo y noay patrón que valga oyé Un día los dos *viejos que no se habían visto en ciento cincuenta años se encontraron en una esquina Quiubo ve cómo andás tiempo sin verte Y dizque se fueron a ver una película de vaqueros al teatro bolívar y luego salieron de cine y se comieron un cholao en el parque y dizque el uno le dijo al otro Me tenés abandonao desde que tenés plata Y el otro se **enojó todo y le dijo No nos vemos en ciento cincuenta años y no tenés otra cosa qué decirme negro hijueputa Y entonces** dijque que dijque que dijque dijque dijque dijque **dijque dijque dijque dijque SE ACONSEJA LA CONVENIENCIA DE INFLAR EL MEDIO CIRCU-LANTE 7 de noviembre de 1931 Una comisión de senadores que estudió el** proyecto que extien-de las facultades extraordinarias Oiga ezo qué zabrozo así uno bañándose en pissina de rico aun-que sea mueto pobresita mi sobrina se quedó sin trabajo porque nojotro teníamo mucho caló y noj queríamo bañá en la pissina casi se la comen viva*

Temblor

1]

Hace ya un par de días que mi mujer se fue al pueblo. Ni siquiera hemos discutido. Anunció que se quedaría allí un tiempo, hasta que se aclararan las cosas. Yo no me atreví a responderle que para mí estaban claras. Se fue sin conocer la noticia de la quiebra de la empresa. Tampoco he querido llamarla para contárselo.

Esta mañana me levanté temprano y decidí venir al puerto. Crucé la cordillera en poco menos de dos horas. Nomás llegar, calculando la mejor forma de repetir las condiciones de mi pesadilla, intenté alojarme en el hotel donde solíamos quedarnos con mi padre cuando veníamos de vacaciones a la playa, el que está a dos pasos del edificio decó de la antigua estación del tren. Por desgracia no conseguí habitación. Según averigüé en la recepción, hay un encuentro mundial de iglesias evangélicas en la ciudad y la ocupación hotelera del puerto y los alrededores es casi total.

Me vi obligado a pasearme por todos los hoteles, posadas y pocilgas de la zona, mendigando una pieza y tropezando en todas partes con distintos ejemplares de la especie turista cristiano. Al final he conseguido algo en un hotel decente, un edificio de unas quince plantas a dos cuadras de la terminal de buses. La pieza no es grande pero la vista desde el balcón es muy buena. Bajo un cielo en permanente amenaza de aguacero se divisa la parte occidental de la ciudad y algunas grúas del puerto que cargan y descargan containers todo el día. El calor y la humedad hacen manguala con el fétido viento musical que sale de las cantinas y los billares y el transporte público. A ratos me da asfixia pero todo, como recorrido por un entusiasmo raro. Por todas partes se ve gente que vende frutas, refrescos, lotería.

Bajo mi balcón hay una hilera de tres prostíbulos seguidos, pero a esta hora nadie arma alboroto. Las putas, que no conocen de horarios de trabajo, salen a charlar a la puerta cuando les queda un rato de descanso. La música y las luces de colores que se adivinan a sus espaldas conforman un pedazo de noche que flota ahogado en medio del día. La incongruencia no me provoca angustia ni rechazo. Al revés, me solidarizo porque siento que llevo mucho tiempo viviendo así, en ese mismo estado. Como de insomnio permanente.

Llamo a la psiquiatra para decirle dónde estoy. Se horroriza cuando le digo el nombre del hotel, no puede creerlo. Le explico lo de la convención mundial de evangélicos. Se ríe y me pregunta si estoy bien, si necesito algo. Luego, como no le respondo nada que la satisfaga, dice que sería mejor que no hiciera todo esto sin compañía. Le pregunto si se está ofreciendo a venir conmigo. No, dice, pero podrías haber buscado a alguien. Le doy las gracias, le digo que igual prefiero hacerlo solo y cuelgo.

Su amiga, la que trabaja en la fiscalía, encontró a una persona que, palabras suyas, coincide con la descripción. Me dio las señas de un sanatorio y pienso salir de dudas esta misma tarde. El horario de visitas empieza a las tres.

Frente a la cama hay un descomunal televisor de plasma que se disputa la pared con un aparato de aire acondicionado. Hace calor y estoy aburrido, así que enciendo ambas cosas. Las imágenes se me echan encima. Propagandas en casi todos los canales. Cierro los ojos y siento el frío del aire acondicionado que le va ganando terreno al bochorno. Entonces pienso en lo que decía la psiquiatra sobre las enfermedades del gusto y sobre la manía de juntar objetos sin ningún criterio aparente. No sólo esta habitación sino todo el hotel le serviría a ella para refrendar sus ideas. Hay algo casi obsceno en la manera en que el aire acondicionado se deja montar por la televisión, sostenida en una posición algo acrobática sobre unas escuadras de metal. El aparato de aire acondicionado brama sin pausas mientras las voces masculinas anuncian con desesperación toda clase de porquerías. Hago un cálculo vago de lo que debe de haberles costado poner una tele y un aire acondicionado como éstos en cada pieza. Una barbaridad.

Tengo sed.

Salgo al pasillo, entro al ascensor, un ascensor estupendo y sigo echando cuentas. Pienso en el precio de la habitación. Treinta mil pesos. Pareciera que los dueños no tienen afán por amortizar la inversión. Casi con toda seguridad el hotel es una tapadera para blanquear dinero negro. Una lavandería. El puerto está lleno de esta clase de negocios. Los narcos necesitan legalizar toda la plata que se genera aquí con los embarques de cocaína.

En la cafetería me siento en una mesa que da a la calle, junto a una baranda de yeso con remates en forma de concha marina. Una planta más abajo está todo el gentío que ventea sus ruidos como quien aviva una fogata, como quien eleva plegarias al cielo, el tráfico, las voces que pegan los vendedores y atrás, como otro ruido de fondo, el olor a basura orgánica recalentada bajo el sol, humedecida por la lluvia.

En la mesa de al lado hay cuatro señores gordos que hablan con discreción. Antes uno podía distinguir a los políticos de los narcotraficantes o de los paramilitares. O de los vendedores de electrodomésticos. O de los pastores cristianos. De un tiempo para acá es imposible. Son todos igualitos. Uno de ellos me mira y como entiende que me he percatado de su vigilancia no deja traslucir ninguna señal de desconfianza. Incluso sonríe con algo que parece dulzura. La dulzura del verdugo. Y pienso que este tipo debe de ser muy cariñoso con sus hijos o con su madre.

Pido un jugo de lulo que tarda una eternidad en llegar. Tanto que me distraigo mirando hacia la calle y me olvido de los tipos de la mesa de al lado. Hace un calor insoportable. Los edificios aledaños compiten entre ellos a ver cuál es el más feo y cada uno pone su mejor mueca de vidrios polarizados o de azulejos carcomidos por el salitre, un torneo interrumpido constantemente por los camiones que van y vienen de los muelles. Delante de un lote baldío donde ha crecido la maleza se levanta una valla en la que no se anuncia nada. La chapa está oxidada y tiene jirones ilegibles de algunas propagandas, fragmentos de nombres y marcas. El logo apenas reconocible de una cerveza.

Cuando me doy la vuelta para recibir el jugo veo que en la mesa de al lado hay tres personas más, entre ellas una mujer que alguna vez fue hermosa, las piernas largas y la mirada profunda bajo unas cejas bien delineadas. Tiene cara de turca o de siciliana y debe de andar por los cincuenta. Se conserva bien, como se dice.

Intento escuchar la conversación pero el ruido que viene de la calle apenas me separa algunos retazos. Nada que me permita deducir el tema y mucho menos la relación que los une. Quizás vengan todos al encuentro de evangélicos. Quizás sean unos narcotraficantes evangélicos. O unos vendedores de electrodomésticos evangélicos. Quizás ella no sea siciliana sino caribeña de ascendencia libanesa. Terminado el vaso de jugo termina también la novela de espías. Salgo de la cafetería.

En la puerta del ascensor me doy cuenta de que tal vez no tengo ganas de volver a encerrarme en la habitación, así que dejo la llave en la recepción y salgo a la calle.

Bajo hasta una avenida con árboles gigantes y sanos. Las hojas verdes y gruesas del tamaño de una cabeza de vaca. A la sombra generosa de las ramas hay mesas donde la gente juega dominó. También hay una zona ahí al lado, frente al viejo edificio del ferrocarril, donde se instalan los tinterillos con sus despachos diminutos al aire libre.

Algunos tienen computadores portátiles en lugar de las viejas máquinas de escribir con su concha de baquelita negra, tecleando todo el día contratos, cartas, pagarés.

Con el paso de las horas cobra fuerza la idea de que no podré recuperar el recuerdo de la nana. El hecho de estar aquí y todo lo que me voy encontrando al paso de algún modo sobrescribe las imágenes. Y aunque no experimento ningún temor o sensación de pérdida, debo reconocer que parte del sentido del plan se diluye a cada minuto. Haberme trasladado al espacio real donde transcurre el recuerdo medio inventado no ha servido para nada. Casi todo sigue igual, los mismos edificios, el mismo monumento de chatarra, el hotel antiguo, pero no es lo mismo. Todo parece nuevo. Ni una sola cosa que estimule la memoria, nada que evoque el recuerdo, que por momentos miro con absoluto desinterés.

Quizás sólo me queda depositar alguna esperanza en la reunión con la señora del sanatorio. Una señora que quizás no sea la nana. O peor, que siendo la nana no recuerde nada o se niegue a darme la información que requiero. Lo único que puedo evocar en estos momentos es una montaña de piedras envueltas en papeles en blanco. Y lo evoco con sorna, consciente del sabotaje al que me someto con este plan idiota.

Doy una vuelta por el parque, a un costado del muelle de pasajeros. Evito con un gesto a los acosadores de las agencias de lancheros que me ofrecen viajes a los paraísos aledaños. A esta hora de la mañana casi no hay nadie en el parque. En el muro del rompeolas juegan algunos niños con uniforme de colegio que seguramente se han escapado de clases.

Las casetas donde por las noches se baila y se bebe están todas cerradas, excepto una en la que surge un señor con cara de guayabo que vende agua de coco fría. Acodado en la encimera de su caseta me ve pasar pero no me hace señas para que me acerque a comprarle. Eso me agrada. Me acerco y pido una cerveza fría. Me siento a una mesa de plástico. Después de llevarme una botella oscura rellena de un líquido tibio y dulzón, el señor vuelve a su posición original en la caseta y se queda mirando al vacío, dejando que la resaca termine de cocinarse en el espíritu. Podría reclamarle que la cerveza no está fría pero me compadezco de su guayabo.

Igual me bebo dos o tres sorbos mientras veo cómo juegan los niños de uniforme en el rompeolas. Gritan, saltan, algunos se descuelgan y entierran cosas en el barro, aprovechando que la marea está baja. Un policía bachiller se acerca a ellos. Los niños se ponen aprehensivos. El policía les señala la salida del parque con el bolillo y ellos obedecen. El rompeolas se queda vacío, rodeado de barro y de basura.

El señor de la caseta también ha reparado en la escena. Sonríe cómplice, pero no sé si con la policía o con los niños.

Ya es mediodía. Revuelto con el olor a limo que viene de la orilla, se insinúa el de la comida. Pescado frito. Mariscos. Cilantro fresco.

Pago la cerveza.

A pocos metros de allí hay varios puestos de comida. Me decido por el único en el que nadie sale a acosarme. Atiende una jovencita de unos doce años. Le pregunto si tiene encocado de jaiba. Sí, dice, hay encocado de jaiba, cazuela completa, arroz endiablado, tamales de piangua. Pido tamales de piangua. Las hojas de plátano recién abiertas despiden un olor penetrante a humo de maderas finas con un fondo dulzón. Pruebo la masa de maíz y los ojos me dan vueltas. El guiso de piangua que viene en el relleno es extraordinario. Este tamal es una obra maestra. El fondo dulzón era por la leche de coco, que se viene a juntar dentro de la hoja con los olores del poleo, la albahaca y el cilantro cimarrón con los que está condimentado el guiso. Los negros de este país tienen un gusto exquisito. Pienso en la psiquiatra y en su teoría elitista del buen gusto como sobriedad ante la muerte, nostalgia sin apego, y entiendo que este tamal la refuta. Pero, para mi desasosiego, el tamal está lejos de convertirse en el túnel del tiempo cuya aparición he aguardado toda la mañana. No me evoca nada. Es una obra maestra pero no me evoca nada. Solo me sirve para observar que el mundo aquí está dividido entre los defensores del hotel y los guerreros del tamal. Y veo que esa lucha no necesariamente se da entre personas distintas, sino al interior de los cuerpos. Hay una guerra del gusto, un diablito en cada uno.

Después del almuerzo vuelvo a mi habitación del hotel y me recuesto a ver la tele. En el noticiero muestran las imágenes de las inundaciones de los últimos días. Hay un tipo que usa la puerta de una casa como balsa y va navegando por las calles de su pueblo. Una mujer saluda a cámara desde un chinchorro colgado de lo alto de una viga, a salvo de la crecida que cubre la mitad del rancho. Tiene la cara cubierta de sudor. Se nota que lleva dormitando allí muchas horas. Varios niños juegan a lanzarse al agua desde la copa de un árbol. Ganado muerto. El fenómeno de La Niña, así lo explican todo.

Me cepillo los dientes en el balcón, mirando las grúas del puerto, las filas de containers anaranjados y azules.

2]

El sanatorio está en unas dependencias de la universidad, un terreno amplio con edificios y zonas verdes. En la entrada me espera una mujer negra en sus cuarenta, falda hasta la rodilla y camisa de algodón con bordados, manga sisa. Es la amiga de la psiquiatra, la fiscal. Le estrecho la mano y nos metemos a un bloque de hormigón, atravesamos varios puestos de control, recepciones, gente con batas verdes. No hacía falta que viniera, le digo. Y ella contesta que la psiquiatra se lo pidió como un favor. Busco la manera de mostrarme agradecido sin sonar lambón pero no me sale nada. Camino junto a ella y me dejo guiar en silencio, algo avergonzado.

Al final acabamos en un patio con árboles, el pasto rebelde atravesado por senderos de cemento. Hay algunas macetas con flores. Varios internos se pasean por el lugar. Otros charlan sentados en unas bancas. Comento en voz alta que los enfermos no tienen mal aspecto y todo se ve muy limpio. La fiscal me explica que el sanatorio no funciona mal gracias a que el hospital universitario se hace cargo. Es un proyecto piloto para la gente que no tiene cobertura de ningún tipo, dice. Sin la universidad estarían vagando por la calle. O

145

ya los habrían hecho desaparecer los grupos de limpieza.

Todos los internos son negros. La fiscal se aleja para hablar con una enfermera que le señala una de las esquinas del patio, donde hay un corrillo de locos que hablan en voz muy baja. Nos acercamos con pasos prudentes. Saludamos. La interrupción no les molesta pero tampoco nos prestan demasiada atención. Apenas nos saludan y siguen atentos a lo que está diciendo un hombre gordo. Cuenta una receta para preparar la guagua en fogón de leña. Recita los ingredientes pero de pronto se desvía para contar una historia de caza. Cuatro hombres salen al monte a buscar guaguas. Un jaguar les tiende una emboscada y se come al primero. Al día siguiente, el animal les tiende otra emboscada y se come al segundo. Al tercer día, emboscada y cae el tercer hombre. Sólo quedé yo, dice el gordo. El jaguar me dejó sano, el jaguar me reconoce. El jaguar y yo nos dividimos la caza. Él se lleva lo suyo y yo lo mío. Maté guagua y cuando volví a mi casa la mujer me la preparó así. Entonces retoma la receta. Aconseja sobre la madera que se debe usar para el fogón, recomienda dejarla unas horas marinando en leche y especias para rebajarle el sabor al almizcle. En ese momento la fiscal agarra del brazo a una señora muy vieja. La arrastra un poco para sacarla del grupo y me pregunta simplemente si es ella. Los ojos de la vieja siguen pendientes de la receta del gordo. Tengo que agarrarla un poco del mentón para obligarla a que me mire. Esta señora no es la nana. No tengo dudas. No es ella.

3]

Nos tomamos una gaseosa, la fiscal y yo, en la cafetería del edificio. Ella me pregunta si estoy seguro de que no era mi nana. Seguro, digo. Pero ella insiste. ¿Cómo puede estar tan seguro?, dice, hace años que no la ve, esta señora responde a la descripción, nombre, edad, todo. Sí, digo, pero no es ella.

La fiscal se rinde. Se recuesta un poco en el espaldar de su silla. Quiere saber por qué tanto afán en encontrar a esa mujer. Era mi nana, digo.

En ésas aparece un muchacho alto, camisa de cuadros, gafas oscuras. Saluda a la fiscal, me estrecha la mano sin interés pero sonríe. Espéreme en el carro, le dice la fiscal. ¿Está segura? Mire que tengo órdenes de no dejarla sola. Ella parece exasperarse. Sí, tranquilo que acá no me va a pasar nada, responde. Vaya tranquilo.

El muchacho se retira. Antes de desaparecer me escruta desde la puerta, desconfiado. Yo le sonrío. La fiscal se da la vuelta pero ya no hay nadie. Sólo el umbral vacío.

No me dejan en paz ni un segundo, dice. Es insoportable. Le pregunto hace cuánto tiene escoltas. Tres años, dice. Desde que me metí a trabajar con el tema de fosas, pero no hablemos de eso. Mejor cuénteme por qué quiere encontrar a esa señora.

Le explico que era mi nana y que yo la quería más que a mi propia madre. Mi explicación no la satisface. Ni siquiera le interesa. Está acostumbrada a las peores atrocidades y estas pendejadas ya ni siquiera la conmueven. A simple vista no se le adivina una sola grieta de sentimentalismo, ni me voy a molestar en buscarla. Me mira condescendiente. Blanquito mimado. O algo así debe de estar pensando.

Estoy desbordada de trabajo, dice. No le puedo prometer nada.

Me dan ganas de recordarle que no soy yo quien le ha pedido que se involucre, pero entiendo que resultaría muy violento. Además si se toma tantas molestias es por su amistad con la psiquiatra. Gracias por todo, le digo.

Ella se levanta, me estrecha la mano y se despide.

Yo regreso al patio de los locos. Me acerco al corrillo. El gordo sigue hablando. Un día salimos a cazar guagua. Éramos cinco. El jaguar nos salió al paso y nos dijo: la selva se los va a comer a todos. Menos a usted. Y me señaló a mí con su garra. Y así fue. Todos se murieron, la selva se los comió. Y yo quedé vivo y pude volver, pero entonces ya no tenía casi ropa y todas las noches soñaba que una bruja me convertía en un pellejo de animal seco y empolvado, un pellejo que alguien había dejado arrinconado en una choza de indio. Y envuelto en ese pellejo estaba la escopeta que había sido de mi abuelo, de cuando se lo llevaron a la Guerra de los Mil Días, la escopeta que yo llevaba al monte para cazar guagua.

Agarro a la señora por el brazo. La miro. Ella me mira toda coqueta. Venga pa mi rancho, patrón, me dice. Venga pa mi ranchito que vamos a hacer hartos muchachos. Ahora sí me puse bien entigrecida, ¿oyé? Bien arrechita, patrón. ¡Ajú!

4]

Mientras doy un paseo por los alrededores del mercado me llama uno de los socios, el amigo de mi papá. Me cuenta que se va a hacer efectivo el embargo de las cuentas. Que todo el proceso de desahucio está en marcha. Le digo que estoy en el puerto y que desde acá no puedo hacer nada, que hagan lo que puedan. Él dice que por lo del sindicato de empleados no me preocupe, no han dicho ni mu. Por ese lado no hay problema. Esa gente está bien amansada.

Cuelgo.

Me detengo en un puesto, compro dos bermudas y unas sandalias de caucho.

En el baño de una fuente de soda me cambio de ropa. Meto los zapatos y los pantalones en una bolsa.

Efectuada la transformación, vuelvo al hotel, disfrutando de la brisa que me refresca la entrepierna. La cafetería está llena de fanáticos de Jehová, con camisetas conmemorativas del gran evento. Beben jugos de frutas, bromean y se miran con ojos opacos en los que brilla otra cosa que no es devoción, ni fe, sino algo que no alcanzo a comprender. Una especie de avaricia fría, sin plata de por medio. Aunque tengo sed y me gustaría beber algo, al final opto por subir a mi pieza.

En el ascensor coincido con una muchacha. La camiseta de Jesucristo le queda muy ajustada. El silencio se carga. La observo a través del espejo. Tiene una falda corta, las piernas blancas, largas, como las de mi mujer. ¿Viene al encuentro?, dice. Sí, respondo, llegué esta mañana, casi no encuentro alojamiento. Gracias a Dios nosotros veníamos con un plan, todo incluido. ¿Y son muchos ustedes?, pregunto. Un montón, dice, como cien personas. Yo vengo solo, digo. Ella pone cara de interés pero no dice nada más. Entonces comento que un encuentro así está bien para conocer gente. Ella me mira divertida, se alisa la falda, se ajusta la camiseta y contesta que no, que allí se viene a orar, a reflexionar, a estar en Cristo. Pero no deja de sonreír. El ascensor llega a mi planta. Me despido y ella me hace un gesto de nos vemos luego. Me quedo con las ganas de decirle algo más.

La habitación se ha vuelto a recalentar. Enciendo el aire acondicionado. Me recuesto en la cama. Desde la puerta del balcón se cuelan los ruidos cada vez más potentes de las cantinas de abajo, en especial la música. Esos acordeones insufribles, las voces compungidas. Rancio caldo sentimental del que no se puede librar nadie que esté de este lado del edificio. Me invade el cuerpo. Intento abstraerme pero es imposible. Cierro la puerta del balcón. El ruido disminuye un poco. Prendo la televisión y subo el volumen al máximo. Entre el sopor y las imágenes abstractas y coloridas de una cancha de fútbol me distraigo. Lo mejor será que me devuelva mañana temprano, pienso. No tengo nada que hacer aquí. Se acabó esta vaina. Qué nana ni qué ocho cuartos. Cierro los ojos y me quedo dormido.

Sueño con un campo lleno de basura. La basura está como prensada en el suelo. Recortada contra el cielo oscuro y anaranjado del horizonte veo una aplanadora. Tengo que andar con cuidado porque ya he visto varios agujeros muy profundos. En uno de esos agujeros, un cráter más bien, hay una vaca muerta. Un grupo de señoras desarrapadas y sucias le sacan la sangre al cadáver con un tubo que desemboca en una jarra de cristal. Cuchichean mientras la jarra se llena de plasma oscuro. Tienen camisetas del sindicato de trabajadores. Comprendo de repente que son brujas. Intento ser discreto en la retirada pero una de ellas me descubre. Sale a perseguirme con la lengua de vaca en la mano. Corro con dificultad entre la basura y acabo cayendo por un agujero. El agujero es un túnel, un tobogán, mi cuerpo cae a toda velocidad. La emoción reemplaza al miedo. Una emoción infantil, un regocijo. Al final del tobogán caigo en un lugar familiar. Es la fábrica. Todos los empleados son mujeres. Trabajan sin descanso, sentadas en unos cubículos donde deben separar las piezas que se producen en las maquinarias. Me acerco a monitorear. Sus dedos manipulan con habilidad una sustancia que se parece al mercurio. A un lado de la mesa van amontonando las espinas de pescado que luego se utilizarán para la fabricación de la materia prima. Aquí producimos materia prima de primera calidad. Eso dice una calcomanía pegada en las paredes de cada cubículo. En el cuarto de máquinas hay un baile repetitivo y circular de piezas articuladas que desplazan las figuras de gelatina roja. Industria orgullosamente colombiana, dice otra calcomanía. En la sala contigua decenas de mujeres realizan el control de calidad. Deben probar la gelatina con una cucharita. De pronto me veo rodeado de todas esas mujeres y entre ellas reconozco a una de las brujas del sindicato. Hay una vaca hecha de gelatina, a tamaño natural. Me insisten para que pruebe la gelatina. En la retórica de la publicidad es muy importante que el dueño de la fábrica haga como que realiza el control de calidad. Eso da a entender que él se encarga personalmente de supervisar la óptima producción de la materia. Tu vida está hecha de materia, nosotros producimos la mejor. Pruebo la gelatina. Está fría, me refresca la garganta. Gracias, muy buena, digo. La bruja se acerca y me susurra al oído que le gusta mucho mi corbata. Bajo la cabeza y veo que en lugar de corbata tengo la lengua de vaca. Sé que para poder salir de allí sano y salvo debo portarme bien y no hacer nada sospechoso. Linda, sí, le digo, me la regaló mi mujer. Me caen gotas de sangre aguada en el pantalón. Antes de marcharme arengo a mis empleadas: aquí no se para de producir materia y es muy importante que no pare la producción. Sin materia no hay vida. Huyo entre los aplausos. Hay un agujero de basura en la pared. Trepo. Es como la madriguera de un animal. Salgo a la superficie. A lo lejos veo a las brujas en su aquelarre mientras despedazan a la vaca. A unos pocos metros pasa una aplanadora. Le hago señales. Se acerca. Soy el dueño de todo esto, le digo al niño que la conduce, sáqueme de aquí. El niño no me cree. Usted no es el dueño, dice. El dueño no vendría aquí nunca. Y me mira la corbata con asco. La aplanadora se aleja. Me quedo solo. Sé que voy a morir de sed pero empiezo a caminar. Es un desierto de basura y parece no tener fin. Las dunas no se mueven con el viento que trae olor a plástico quemado.

Me despierta el teléfono. He dormido varias horas. Ya es noche cerrada. La tele y el aire acondicionado trabados en su pleito. El caldo sentimental de las cantinas en pleno ardor. Es la fiscal, pide disculpas por haberme despertado. Estaba teniendo una pesadilla, le digo, menos mal que me despertó. ¿Qué es todo ese ruido?, pregunta. ¿Una discoteca? Le explico dónde estoy, la ubicación de mi balcón, lo del encuentro de evangélicos. Se compadece de mí. Luego dice que alguien, un amigo, quizás pueda ayudarme. Quiero saber quién es ese amigo. Un detective, dice, trabaja con nosotros hace un tiempo. Le cuadré una cita. ¿Cree que puede pasar por su oficina mañana bien temprano, a eso de las siete? Sí, claro, digo. Ella me advierte que solo recurre a él para casos muy complicados y que quizás me resulte chocante. ¿Chocante? Sí, dice, chocante. No importa, digo. Le doy las gracias repetidas veces. Ella me desea suerte y cuelga.

Voy al baño. Bebo un vaso de agua, que sale amarga de la llave. Sé que aconsejan no beberla pero tengo mucha sed. Salgo al balcón. El ruido que sube de la calle es infernal sin atenuantes. La música. La maldita música es lo peor. Todas las canciones hablan de despecho, de amor no correspondido, de abandono y entonces me descubro pensando que esta gente habla de amor para no decir mierda, habla de amor para no decir hambre, habla de amor para no decir puta vida, mi casa se hunde, no tengo trabajo, no tengo en qué caerme muerto y en cambio dicen: te prometo que vas a volar con los ángeles, amor mío, te prometo una lluvia de duendecitos en tu rosal. Te lo prometo, tesoro, que mi amor es más puro que la mierda concentrada, más puro que la muerte y si me abandonás te mato o me mato o los mato a todos. Antes al menos las canciones se quejaban por lo que había que quejarse. Antes al menos insultaban a alguien que se lo merecía. O se burlaban de la muerte y de la desesperación. Antes decían: me cago en mi patrón, que es un vago y un hijueputa. Antes al menos no se lamentaban, revólver en mano, porque la mujer no los quiere. Si tu mujer no te quiere la mandás a su pueblo y listo. Si tu mujer no te quiere te mordés la lengua hasta sacarte sangre. Me dan ganas de pegar un grito. Pero con esa basura invadiendo todo el espacio no se escuchan los gritos de nadie, menos los gritos de los que necesitan gritar.

5]

Es imposible dormir con ese ruido. Me visto y bajo a la calle. A esta hora casi no circulan carros. Salgo por la puerta principal del hotel, doblo la esquina y paso delante de los burdeles y las cantinas. Una muchacha que está parada en una de las puertas me acosa para que entre. Me tira del brazo. Hágale, señor, entre que acá lo atendemos. Tenemos de todo, dice. ¿Le gustan las peladitas? ¿Está buscando peladitas?

Me agarra de la camisa. Trato de ser cortés pero al final me tengo que zafar con brusquedad. No tengo plata, le digo. La mujer se queda recostada en su puerta y grita entre carcajadas que yo ando buscando muchachos, que no me interesan las niñas sino los muchachos.

Doblo por la calle que va a los muelles de carga. Está vacía y es asombrosamente silenciosa para hallarse tan cerca de los burdeles. Parece que todo el ruido se lo traga mi hotel. La calle donde está la terminal de buses también está muy tranquila. Sólo dos muchachos que me piden unas monedas.

A la vuelta de la esquina, todo igual de muerto salvo un local de comida rápida. Atienden dos chinos y una niña negra. Me siento en una de las mesas con mantel de hule floreado. En la televisión hay baladas románticas de karaoke, paisajes primaverales y las filas de caracteres chinos que se van pintando de azul. Nadie canta. De hecho, nadie mira la televisión, sólo yo.

Pido una cerveza y un plato de arroz frito que apenas pruebo. El pollo o los camarones están podridos.

Salgo del local y desando el camino para volver al hotel. Una cuadra después de la terminal, en una calle vacía, se me acercan dos tipos subidos en una moto. Lo hacen muy lentamente, como para no asustarme. El que va de parrillero me da las buenas noches. Se baja de la moto. Me hace el favor, la cédula, dice. No son policías. Mientras revisa mi documento, el tipo me hace varias preguntas, qué hago a esa hora en la calle, dónde me hospedo, cuántos días llevo en el puerto, de dónde vengo. Me devuelve la cédula y me dice que la gente decente como yo no debería andar en la calle a esta hora. Hay mucha gonorrea por aquí, dice. El otro tipo, que sigue subido en la moto, me mira de arriba abajo y se le pinta una risita cuando ve mis bermudas y mis chanclas.

El parrillero me estrecha la mano antes de subirse a la moto. Se alejan a toda velocidad, giran en el cruce del fondo y dejan la calle otra vez en silencio. Me doy cuenta de que me tiemblan las piernas y el corazón se me sube por la garganta. Respiro. Trato de tranquilizarme.

Para evitar pasar por delante de los burdeles doy un rodeo. Bajo por una calle donde lo más llamativo son las ruinas de un cine viejo. No pasaba por aquí desde hace años, desde los tiempos en los que venía al puerto con mi papá. En esa época daban películas de kung-fu en doble sesión vespertina.

En la esquina hay un bar pequeño del que no sale la música infecta de las cantinas sino ruido de guitarras distorsionadas y alaridos. Es algo tan fuera de lugar que me asomo, por pura curiosidad. Es un bar de metaleros y está lleno de negros vestidos de negro, con pantalones de cuero negro, camisetas de cuero negro, largas y cuidadas cabelleras negras. Afiches de bandas de métal y la música a todo volumen. No hay mesas. Todos están de pie.

Los metaleros negros me miran raro y supongo que yo a ellos también. Sólo hay una persona para poner la música y atender a los clientes. Está tan ocupado que se hace el loco cuando intento pedirle una cerveza. Un adolescente se me acerca y amablemente me invita a abandonar el bar. Con esa ropa no puede estar aquí, jefe, dice. Esto es sólo para la gente del métal. Ni salseros, ni reggeatoneros, ni marimberos. Menos un paisa en pantaloneta. Yo no soy paisa, protesto. Pero no hay caso.

6]

A las siete de la mañana me planto delante de un edificio de oficinas, cuatro pisos, paredes blancas descascaradas y corona tupida de antenas de telecomunicaciones.

Subo cuatro tramos de escaleras hasta la puerta señalada con el número 3 y una placa vieja en la que se lee el nombre de un dentista. Golpeo. Me abre un señor bajito vestido con traje azul de mezclilla. Me sonríe con su perfecta cara de indio debajo del pelo engominado. Buenas, dice, pase. Y me da un apretón de manos muy fuerte, tanto que puedo percibir que esa fuerza no proviene sólo del brazo sino del pecho, del cuello y de mucho más allá, de todo el cuerpo. Indio macizo. Se sienta detrás de su escritorio, en una silla giratoria. ¿En qué puedo servirle?, dice. Le describo mi caso, palabras frías y sucintas. Cuando termino de hablar se forma un silencio cuya respiración interna él controla. Mira a su alrededor, como invitándome a mirar a mí también. El despacho está casi vacío. Sólo tiene la mesa y la silla giratoria. Huele a recién pintado.

El detective me pregunta si me gusta, pero no espera a que yo responda. Dice que se acaba de trastear. Y después de otra pausa en la que contempla de arriba abajo su oficina, comenta que quizás no traiga nada más. Así está mejor, con poquitas cosas, dice. No me gusta llenar los espacios de cosas. Además, de cuándo acá se ha visto que a los indios nos gusten los lugares repletos de cosas, si los indios somos pobres y no tenemos apenas nada, ¿no? Andamos con lo justo. Una hamaca, un machete, unas botas, un calendario viejo. ¿Le gusta?, pregunta. Ahora sí espera a que yo responda. Me gusta la vista, digo señalando la ventana que enmarca un pellizco de los muelles de carga, la calle vacía que se despereza. Sonríe satisfecho el detective, que de pronto se levanta de su asiento y me pide que lo acompañe. Así me va contando más por el camino, dice.

Salimos a la calle y caminamos varias cuadras debajo de una llovizna menudita. Nos detenemos en una esquina. Esperamos. El tipo mira su reloj varias veces. Llega un taxi. Nos subimos. Conduce un mulato serio, con pinta de técnico de computadores, gafas de pasta, aparatos en los dientes. Saluda al detective, que en vano intenta sacudirse las gotas que le han salpicado el traje. Luego me mira a mí, semblante neutro, apenas levanta las cejas. El mulato conduce rápido, muy rápido, por las calles llenas de motos de bajo cilindraje. ¿Adónde vamos?, pregunta. A los lotes, contesta el detective.

¿Qué comió ayer? El mulato mira por el retrovisor y arruga en el entrecejo. ¿Qué comió ayer?, repite el detective. Comí, déjeme ver, comí pescado frito. El detective medita en silencio y mira por la ventanilla. Hoy, le dice, cuando vaya al baño, guarde las heces en un tarrito y llévemelas a la oficina esta misma tarde.

Al mulato se le escapa una risita.

Vamos por una avenida con árboles y zonas verdes donde se ven algunos cambuches y gente cocinando en fogatas pequeñas, muchos niños. Éstos acaban de llegar, dice el mulato. No llevan ni dos semanas. La alcaldía ya los mandó sacar. El detective quiere saber de dónde vienen. De muchos sitios, responde el mulato. Mucha gente de los ríos, de todo el litoral. Están llegando por pilas, doctor. El detective pregunta si el alcalde ya dijo dónde los van a reubicar. El mulato se ríe. No, doctor, dice. Lo más seguro es que los metan en camiones de la policía y los vayan a tirar a otro lado.

Llegamos a una zona de bodegas. Nos detenemos frente a un terreno baldío muy extenso, cientos y cientos de metros de arena salpicada de basura, pedazos de embarcaciones muertas, espinas y cabezas de pescado. El terreno llega hasta la orilla de un riachuelo que desagua en la bahía. El detective y yo nos sentamos en el lomo de una canoa echada bocabajo. Desde lejos el mulato, que se ha quedado de pie frente al taxi, nos hace señas con el pulgar de que todo está bien.

¿Y entonces?, pregunto. ¿Me va a ayudar?

Ya lo estoy ayudando, señor, dice. Desde que le abrí la puerta de la oficina.

En ese momento pasa el tren de carga haciendo sonar su silbato. El detective mira hacia el cielo. Hoy va a estar feo todo el día, dice y palpa la llovizna que sigue ahí, aunque a ratos uno se olvide de ella.

El detective me ve azorado. Luego se queda observando mi ropa, mis bermudas, mis chanclas.

Qué disfraz de turista, dice, me gusta, muy convincente. Y me da un manotazo enérgico en la pierna a la vez que suelta su carcajada. Me quedo perplejo mirándole el rostro que, lejos de deformarse por la risa, me resulta siniestro y hermoso, los rasgos delicados y a la vez muy duros, como hechos de una piedra extraordinariamente elástica, un poco porosa.

Cuando se le pasa la risa me vuelve a dar un manotazo en la pierna, éste menos violento. Tranquilo, me dice, vamos a ir viendo.

Me quedo en silencio, mirando el terreno. Aparte del taxista sólo nos acompañan algunos gallinazos, que escarban entre los desperdicios.

El detective mete la mano por la abertura de la chaqueta y saca un revólver del 38. La aparición del arma me deja helado pero intento parecer indiferente. Saca también un pañuelo. Abre el tambor, saca las balas y se las pone en la palma izquierda.

Luego se las mete todas a la boca, las ocho de una sola. Me sonríe con los carrillos inflados. Va escupiendo las balas, una detrás de otra, en el pañuelo que sujeta con la mano derecha. Limpia las balas, las deja brillantes y las vuelve a poner dentro del tambor. Carga el arma, le pone el seguro y la mete de nuevo por la abertura del saco.

A continuación se levanta, se aleja unos pasos y escupe ruidosamente, casi como si vomitara. Ay, mamita, dice con voz de niño mientras se desocupa la boca de unas babas muy espesas.

Ay, mamita.

Vuelve y se sienta a mi lado como si nada. Mira el reloj varias veces. Mira al taxista, que levanta una vez más el pulgar.

De pronto una jauría de perros aparece al otro lado del riachuelo. El detective se levanta de un brinco y corre a la orilla. Un perro negro lo mira y mueve la cola, emocionado. Venga, le ordena el detective. Venga. El perro duda en meterse al agua, chilla de felicidad, pero al final salta. Los demás lo siguen. Chapotean alegres y cruzan la corriente marrón.

La jauría se dispersa a nuestro alrededor. El detective se acuclilla y me pide que haga lo mismo. Ahora no se mueva, dice. Cada perro tiene una letra dibujada con pintura en el pellejo de las costillas, pero sólo a un lado. El otro está vacío. Y U C T

H J Z G Z B. Los animales se mueven y las letras también. Cambian de orden. H T Z Y C U B Z G J. A veces algunos perros se giran y sólo se les ve el lado de las costillas donde no tienen escrito nada, así que se forman agujeros entre las letras. H C T B Z J Y. El detective presta mucha atención y mueve los labios como si estuviera leyendo en voz baja. Luego se levanta y le hace señas al taxista para que se acerque. El mulato viene con una bolsa de plástico llena de carne que reparte entre los perros.

El detective se arrodilla delante del perro negro y le dibuja con pintura blanca una letra W en el lado vacío del costillar.

Dejamos a los perros comiendo y volvemos al taxi.

Esto se va a poner muy feo, dice el detective. El mulato lo mira por el retrovisor con cara mustia y grave.

Un rato después me dejan en la entrada de mi hotel. Vaya por la tarde a la oficina, me dice el detective. A la hora que quiera. Y lleve 250 mil pesos.

El taxi se aleja haciendo chirriar las llantas.

Subo a la cafetería y desayuno rodeado de los evangélicos.

Hago cuentas mentales. 250 mil pesos. Me quedaría poco más de un millón de pesos en efectivo. Con las cuentas congeladas no puedo sacar un peso del banco. Debería irme a mi casa, pienso. Pero sé que no me voy a ir.

7]

Refugiados del aguacero en la oficina del detective, repasamos mi historia. Ya, dice él para hacerme saber que está siguiendo el relato. Lo cierto es que no me presta atención, tiene la cabeza en otra parte. Mira a su alrededor, preocupado. Me interrumpe: ¿usted cree que debería traer más muebles? No sé, digo. La interrupción ha sido tan brusca que no me veo con fuerzas para retomar el hilo. El tipo se da la vuelta en su silla giratoria y mira por la ventana. Tiene razón, dice, lo mejor es la vista. Aquí antes había un consultorio odontológico donde yo venía a tratarme, hace tiempo. Un día me pusieron anestesia en la mitad de la cara para sacarme unas muelas, dice. Estaba tan grogui que me quedé como tonto mirando por esta ventana. Y todo me parecía tan bonito, ese día hacía sol, ni una sola nube, los pajaritos. Y entonces: ¡Taz! ¡Hijuechucha! Fue que sentí el tirón tan verraco del odontólogo. Qué sensación rara ésa, ¿no? Como si las muelas no fueran de uno. Como si media cabeza no fuera de uno. El detective suelta una de sus carcajadas. Me pide disculpas. Siga contando, por favor.

Respiro hondo. Tomo impulso. Me cuesta horrores contarlo. Me esfuerzo por aportar datos pero sólo me salen justificaciones, a duras penas consigo explicarle mis motivos, nada convincente, incluso recurro a la moralina de la reparación de una persona desfavorecida y de inmediato me arrepiento y siento vergüenza. Miento. Aduzco razones personales y egoístas. Le digo que soy un enfermo y que mi nana es la pieza faltante del rompecabezas de mi personalidad. Me quedo bloqueado, ya no sé qué inventar.

Por fin admito mi frustración y digo que ni siquiera yo entiendo por qué me metí en esto. En vano intento reconstruir la suma de circunstancias que me han llevado hasta su oficina. Entonces el detective frunce el ceño y por primera vez empieza a mirarme con interés. No sé, continúo, al principio era una visión, una cosa muy vaga, puros olores, casi nada de imagen. El puerto y mi papá. Luego las imágenes fueron cogiendo cuerpo. Apareció la nana. Todo se hizo muy intenso, muy material y cada vez más grande, más grande. Y ahora ya no me puedo ir sin verla. Tengo que verla, digo. Como si me estuviera llamando, eso es lo que siento, que la nana me está llamando.

Es todo lo que puedo decirle.

El tipo suspira. Peores cosas se han visto, dice. Y sonríe. No se burla, sólo sonríe. Luego agrega que lo mío, dentro de lo que cabe, es bastante normal. O sea, dice, atender la llamada es normal, como hacen los perros. Si yo llamo a mi perro, mi perro viene porque no puede evitar atender la llamada. Así tenga que echarse al agua. Pero usted no es un enfermo mental, ni mi perro es un esclavo. Ni siquiera es mío. El perro atiende al poder. Ese poder nos constituye, somos ese poder, pero a la vez es un poder que nos arrebata y nos saca de nosotros mismos. La voz que sale de mi cuerpo es una llamada irresistible para el perro. El perro obedece mi voz. No me obedece a mí. Por un instante yo no soy yo y el perro ya no es el perro. Sólo hay fuerzas que se buscan. A veces esas fuerzas parecen fuerzas locas. Pero no hay nada de loco en eso.

Sigo a medias el galimatías del detective. ¿Y eso en qué lugar me pone a mí?, digo.

El detective me mira con impaciencia y dice que todo esto son puras palabrerías y que no vale la pena ofrecer explicaciones. Quédese con lo del perro, dice, me mira con sorna y me ordena que deje de preocuparme por mi posición. Siempre hay un perro que guía al perro guía. Pero ese perro guía del perro guía no es el perro guía, sino otro perro que se ha escapado al interior del perro guía. Y eso es una forma de poder. Y es el poder de la forma también. Por eso cuando uno se encuentra bajo las órdenes del perro guía sólo puede seguirlo.

Nos interrumpe una llamada telefónica. El detective contesta. A los pocos segundos se le pone un gesto de preocupación. La cara no se le relaja en ningún momento. Cuelga.

Se levanta de su silla, se pone la chaqueta. Tengo que salir de urgencia, dice. Acompáñeme.

Afuera llueve. El detective hace el amague de parar un taxi pero yo se lo impido con un gesto. Mi carro está parqueado a una manzana de allí. Corremos bajo el aguacero.

Cuando estamos dentro del carro el detective se seca las gotas de la cara con su pañuelo. Luego saca un peine chiquito del bolsillo de la camisa y se aplasta bien el pelo contra el cuero cabelludo. Hace todo como si le sobrara el tiempo.

Con la misma parsimonia me da algunas indicaciones sobre el lugar al que debemos ir.

Usted no se preocupe, que las cosas con usted van a salir bien, dice. Usted está haciendo todo como tiene que hacerlo. Ya escuchó la llamada y aceptó seguirla, como quien dice. Otro habría pensado que se está volviendo loco, pero usted no. Usted ha seguido adelante.

Dicho lo cual me pega varios manotazos en la espalda, seguidos de una nueva carcajada.

Quiero saber adónde vamos. La risa se le borra cuando se acuerda de que tenemos que irnos. Vamos a ver uno de mis pajaritos, dice.

El pajarito resulta ser un mecánico anciano, pálido y arrugado, más ratón que pajarito. El taller está en un barrio de calles sin pavimentar, mucha gente parada en las puertas de las casuchas viendo pasar al que entra y sale. Risueño en medio del aguacero, un robot fabricado con piezas de motor y tubos de escape anuncia que se presta servicio de vulcanizadora.

El viejito nos lleva hasta un garaje, al fondo del taller. Nos sentamos en unas latas de combustible, frente al cuerpo destripado de un carro. La lluvia golpea sobre el techo de zinc y el ruido nos obliga a cerrar mucho el círculo.

Hoy no vine a pedirle información, dice el detective. El viejito lo mira atento, se lame los labios. Sólo vine a decirle que la cosa se está poniendo horrible. Hace un rato me llamaron para decirme que mataron al pajarito del billar.

El viejito se santigua.

Pilas con cualquier cosa, dice el detective. No use el celular que le di porque está chuzado. Quieren arrinconarnos.

Entonces me mira y pregunta si traje los 250 mil pesos. Me pide que le entregue la plata al viejito, que la recibe sin entender muy bien.

Enciérrese un par de semanas, le dice el detective, no salga, no abra el taller. El viejo asiente. Hace un rollo con los billetes y se los mete al bolsillo.

Yo lo iba a llamar hoy por la mañana, dice. Sólo que estaba ocupado aquí en el taller y se me pasó la hora.

Menos mal, contesta el detective. No use más ese teléfono. Apáguelo.

El viejito le anuncia al detective que debe entregarle el último informe.

Soñé que me volvían a meter a la cárcel, dice. Venían unos tipos de la policía, estaban de paisano. Yo no me resistía. Me metían en un barco que iba al penal viejo de la Isla. El viaje duraba mucho tiempo y a bordo nos daban de comer carne podrida. Cuando llegábamos a la isla, me metían en mi celda, la que tuve mientras estuve allí preso, sólo que la cárcel estaba en ruinas, comida por la selva. Eso lo vi el otro día en televisión. Desde que cerraron el penal nadie se preocupó de mantener los edificios. La selva se lo comió todo, casi no se distingue de lo ruinosa que está. En el sueño mi celda tenía las paredes muy blanditas, como hechas de torta. Se podían arrancar pedazos del muro con la mano. Dos patadas y ya estaba fuera. Los demás presos seguían mi ejemplo. Los guardias se cagaban de miedo. Para acabar de amedrentarlos agarrábamos a un uniformado y lo empalábamos vivo. Le metíamos una guadua por el culo y se la sacábamos por la boca. Les dábamos a elegir: o aceptaban nuestras reglas o les pasaba lo mismo. Fundábamos una patria nueva. Allí todos valían lo mismo. El problema es que no teníamos mujeres. Algunos se ponían a culear entre ellos y nadie les decía nada porque había una sola regla y era que cada uno podía hacer lo que le diera la gana. Entonces, los que no queríamos culear con hombres, decidíamos castrarnos. Nos poníamos en fila y un preso iba aplastándonos las pelotas con una piedra.

De vuelta en la oficina, el detective toma notas en un cuaderno. Hace diagramas con lápices de colores en los que distingo letras, puntos, signos, flechas, perros, pájaros, torres de electricidad. Le pregunto para qué hace todo eso y dice que le gusta dibujar, que lo relaja y lo ayuda a pensar. Mañana nos vamos temprano, dice. ¿Adónde?, pregunto. A cualquier parte, dice, aquí me van a matar. Y vuelve a sus dibujos. En un rincón del escritorio hay un pequeño frasco de cristal con una bola de caca suspendida en agua. Son las heces del taxista.

Yo me pongo a fumar en la ventana, viendo llover. No deben de ser más de las cinco de la tarde pero el día está tan oscuro que las luces de las grúas ya se encendieron en los muelles. El detective tose, teatral. Agita la mano. Por lo menos abra la ventana, dice.

Le pido disculpas. Es una de esas ventanas corredizas. Cuesta abrirla. Apenas lo consigo entra una vaharada de olor a lluvia salada. El humo del cigarrillo se dispersa.

¿Y por qué no vamos a buscar a la nana?, pregunto. Sin dejar de dibujar el detective me dice que

171

tampoco es mala idea. Podríamos ir por el río, dice, río arriba.

Se levanta de su silla y se para junto a mí frente a la ventana. Por allá, dice. Y señala un punto vago en el paisaje. Empiezo a acostumbrarme a su sentido del humor, así que le recuerdo que ya le he pagado por sus servicios. ¿A mí?, dice con cara de asombro. A mí no me ha pagado nada. Usted le dio la plata a mi pajarito. Y como ve que estoy a punto de protestar me ataja: Sí, sí, yo le pedí que se la diera, pero usted no tenía por qué obedecerme, no sea pendejo.

Me río. No entiendo nada. Soplo una bocanada por la ventana. El humo hace movimientos extraños con tanta humedad. El detective celebra mi buena disposición. Así me gusta, dice, ríase, ríase mucho. Me pone una mano en el hombro. Nos quedamos mirando por la ventana. Pasa un rato largo pero el detective no me suelta. De repente su mano me resulta pesadísima. Me hago a un lado y lo miro con un gesto de recriminación mientras me sobo el hombro.

¿Sabe qué?, dice. Ahora me toca fumar a mí. Abre un cajón de su escritorio y saca un puro. Lo huele. Es de Nicaragua, dice. Muy bueno. ¿Quiere compartirlo conmigo?

Pensaba que no le gustaba el cigarrillo, digo. Él contesta que el cigarrillo no tiene nada que ver con los puros. Me encojo de hombros. Saca también una botella de ron. A continuación arrima dos sillas a la ventana. Nos sentamos a fumar el puro a medias y echamos un trago de vez en cuando. La combinación es buena.

El detective juega a hacer anillos con el humo. Le salen perfectos, bien espesos y duran mucho antes de disiparse. Pruebe usted, me dice. Absorbo el humo, soplo. Mi anillo sale tembloroso, achatado. El detective observa su ascenso y sonríe. Bah, dice, malísimo, usted no sabe. Le devuelvo el puro. No, no sé, digo. Entonces suelta cuatro, cinco anillos seguidos, todos perfectos, que se van agrupando en el cielorraso. Y ahí se quedan. Suelta otros cinco seguidos. Todos van a dar al mismo sitio, un par de metros por encima de mi cabeza. El humo obstinado hace roscas dentro de sí mismo.

El detective me mira con ojos vivaces, como un niño y sigue soplando. Un anillo detrás de otro. En unos minutos es como si me hubiera hecho un sombrero con el humo. Puedo tocar la masa blanca con la punta del dedo. No entiendo por qué no se disipa. La ventana está abierta.

Usted está muerto, dice el detective. Me ofrece la botella de ron. Me tomo un trago y lo miro a los ojos.

¿Estoy muerto?, pregunto. Sí, dice. Está muerto pero no se ha dado cuenta. Y tiene que acabar de morirse del todo porque sigue amarrado. Le da miedo morirse del todo. Es un muerto de los malos. O sea, un muerto que no quiere saber que está muerto.

Soy un zombi, digo. El detective sigue fumando pero ya no echa anillos. Ahora las bocanadas salen normalmente de su boca y se pierden por la ventana. El cono blanco sobre mi cabeza, sin embargo, no se mueve y desde aquí abajo veo cómo se retuercen las volutas en su barriga turgente.

Váyase, dice el detective dirigiéndose al cono de humo. Usa el mismo tono que usaba con los perros. Váyase. ¡Chite! ¡Váyase, carajo!

Luego se levanta de su silla para soplar desde mi espalda. ¡Váyase! La nube remolona cede poco a poco y se va acercando a la ventana, donde se deshace con dificultad en unas hebras esponjosas que parecen hechas de pan.

8]

Nos embarcamos temprano en un armatoste con casco de madera y capacidad para unas cien personas, calculo. Los dueños prefieren no llevar demasiados pasajeros y lo utilizan sobre todo para transportar víveres y mercancías a los pueblos de los ríos. El motor no anda muy bien y va soltando chorros de aceite sucio que se revuelven con la zanja de espuma verde que dejamos atrás. La bahía es ancha y profunda. Las grúas y los edificios del puerto se desvanecen muy despacio. Hoy, finalmente, ha asomado un poco el sol entre las nubes.

Nuestro barquito es grande en comparación con las canoas de los pescadores y diminuto al lado de los buques de carga y los petroleros.

El detective y yo nos sentamos en la cubierta, ambos mirando hacia el manglar que crece en la orilla. A veces aparecen algunas casitas de madera junto a la playa de arena gris. Apenas hablamos. Anoche tuve otro de mis ataques de insomnio y estoy un poco irritable. El detective, en cambio, parece de muy buen humor. Silba. Me da manotazos en la espalda. Aunque cada cinco minutos se mete la mano por la abertura del saco, toca el revólver y sonríe nervioso.

Al cabo de una hora, cuando ya hemos salido de la bahía y navegamos hacia el sur cerca de la costa, el detective se relaja. Abre su mochila, saca un libro, se ajusta el sombrero para que el sol no le dé en la cara y se pone a leer.

Inclino la cabeza para ver la portada del libro. Es una antología bilingüe de poesía satírica romana. Le pregunto extrañado si le gusta lo que lee y él responde que obviamente sí, de lo contrario no estaría leyéndolo. Es una respuesta violenta que, para mi propio asombro, saca a la luz un prejuicio atávico: ¿acaso un indio no puede leer a los poetas de Roma o lo que se le dé la gana? Me avergüenzo. Me siento estúpido.

El detective me pregunta qué día es hoy. Martes, digo. 20 de enero. Tengo que devolver este libro dentro de dos días en la biblioteca, dice, ya pailas. Y sigue leyendo.

Al rato, sin embargo, percibe mi malestar y apoya el libro abierto sobre una de sus piernas. En realidad no me gusta tanto este libro, dice. Lo estoy mirando para ver si me acuerdo del latín que aprendí con los curas.

Me gustaría poder responderle algo pero su condescendencia me abochorna todavía más. Él lo entiende así y se queda callado, esperando a que se me pase. Luego desvía el tema. Me pregunta por mi amistad con la fiscal. Le explico que no soy amigo de ella, que apenas la conozco. Le hablo de la psiquiatra. Entiendo, dice.

Yo sí soy bien amiguito de la fiscal, desde hace unos años.

Le pido que me cuente cómo colabora con ella porque todavía no me hago una idea. Nosotros, con mis pajaritos y mis perros, somos los que encontramos las fosas difíciles, las que nadie quiere sapear. Somos informantes de ella, como quien dice. Pero también le prestamos el servicio a la gente que anda buscando a familiares perdidos. Normalmente basta con los informes de los pajaritos y con los datos que traen los perros. Así sabemos lo que hay que saber. No fallamos. Por eso la fiscal me pidió ayuda, hace como dos años. También hay casos más complicados y entonces toca recurrir al remedio. Con el remedio rara vez se falla. Es santo para encontrar a la gente que se pierde.

Le pregunto a qué remedio se refiere y él sólo dice que el remedio es el remedio. A la gente se le da a tomar el remedio y el remedio indica dónde, cómo, cuándo, dice.

Quiero saber cómo funciona ese tal remedio y él dice que me puede contar pero a condición de que yo no me tome en serio ni una sola palabra. Acepto. Intento sonreír y lo consigo a medias, con aprehensión.

Entonces me explica que el remedio tiene una relación rara con las palabras y que por eso no se pueden usar las mismas palabras para hablar del remedio más de una vez. La segunda vez ya no dicen nada y no sirven para hablar del remedio. Pero usted y yo podemos ahorita, dice, yo le cuento y luego mis palabras se van a volver pura basura. Como quien dice, hagamos de cuenta que hay una forma de hablar del remedio. Y hagamos de cuenta que vamos a usar esa forma de hablar, ¿no? Mire: yo tomo del remedio y le doy a tomar del remedio a la gente que necesita encontrar a los perdidos. Hay gente que no sabe escuchar la llamada, entonces hay que ayudarla. Hay gente que escucha la llamada pero le tiene miedo al perro guía. Y hay gente que escucha y sigue pero no se sabe controlar. Porque no hay una sola llamada sino como veinte, treinta llamadas a la vez. Y yo soy como la operadora que las recibe todas y tiene que ir enchufando los cables. Así veo clarita la pinta donde aparecen los perdidos y también sé si están vivos o muertos. El remedio es puro poder y agarra los nombres y los vuelve una nube de moscas, cada nombre una mosca que se confunde con las demás. Porque al remedio no le gustan los nombres sino las palabras. El remedio hace brotar las palabras. Incluso palabras nuevas. El remedio te muestra las moscas volando en el aire y zumbando. Por eso, entre otras cosas, da tanta risa y tanta alegría. Y te muestra tu vidita, no con desprecio, sino desde el poder. Que es siempre el poder de cambiar. El remedio te dice cambia, pendejo. Y uno cambia. Se transforma en cualquier cosa, mosca, rana, perro, lo que sea. El remedio es ojo de mosca que mira y se mira en lo que mira. Pero lo más importante de todo es que el remedio no revela ningún secreto, no da nada que uno no tenga, sino que pone a la gente a trabajar. El remedio es un trabajo. Una técnica. No hay secretos. Sólo técnica. Hay señores muy duros que llevan tantos años tomándolo y pueden hacer las cosas más miedosas con el remedio. Cosas que hasta a mí me asusta contarlas, como mover las orejas y oler a kilómetros como jaguar. Se vuelven jaguar. Yo todavía no soy tan bueno. Pero esos señores son unos verracos, se lo digo de verdad. Dizque mover las orejas, pero lo que se dice moverlas, así, vea, como los perros. El cerebro tiene las marcas de cuando éramos perros y el remedio es la forma de recordar. De cuando éramos lagartija. Los lechos secos del cerebro se llenan de agua otra vez y entonces se vuelven navegables. El remedio te deja ver y te permite caminar al mismo tiempo por toda la memoria.

9]

Entramos a un estuario compuesto de cientos de islas de manglares. Durante más de una hora el capitán intenta hallar un brazo lo suficientemente profundo para navegar contra la corriente del río que desemboca allí, un río que se adivina grande y caudaloso. Yo estoy sentado en la cubierta, aburrido. Busco el grabador en mi mochila y me pongo a hablar. Describo algunos detalles del viaje y trato de reproducir con la mayor fidelidad la conversación sobre el remedio. En ésas aparece el detective, que se había ido a mear por la parte de atrás del barco. ¿Qué es eso?, dice. Un grabador digital, contesto. Me pregunta para qué lo utilizo y yo le digo que me lo compré hace unos días y que sencillamente me grabo, me pongo a hablar y a hablar.

Me lo quita de las manos. Le da al botón de reproducción. Escucha mis descripciones del paisaje, la conversación sobre el remedio, lo que acabamos de decir hace un momento y aunque intenta mostrarse respetuoso no aguanta demasiado tiempo sin reírse. Si sigue así no se va a morir del todo. ¿Para qué se graba? ¿Para qué? Ya no le hace falta. Ya no lo necesita.

Trato de defenderme: quizás lo necesito para dejar algo, no sé, un registro, es como un diario, digo. Entonces vuelve a estallar su carcajada. ¿Un diario? ¿Como los de las quinceañeras? Más o menos, digo. Para mantener un control de lo que pasa, aunque sea a saltos, un relato.

Ya no le hace falta, insiste. Eso del relato es puro egoísmo, puro yo-yo. Después, cuando tome el remedio, va a ver que no necesita *grabar* nada. Todo queda grabado, lo quiera uno o no. Todo está marcado por todas partes.

No entiendo bien lo que quiere decirme pero tampoco tengo ganas de discutir y empieza a exasperarme su manera de hablar. Me siento ridículo por estar allí, en ese barco, con un indio loco.

Me refugio en el extremo opuesto de la cubierta para seguir hablando con mi aparato.

El detective se queda en su silla, leyendo a los poetas latinos.

Durante las siguientes horas navegamos por el río. Selva en cada orilla. Algunos tucanes en desbandada y los gritos descarados de los monos aulladores.

Por fin, con la caída del sol llegamos a un pueblo no tan chiquito, con iglesia de ladrillo, mercado y estación de policía.

Aquí nos bajamos, dice el detective.

Nos hospedamos en el único hotel, una casa de madera de dos pisos, donde nos ofrecen dos catres y una comida de pescado frito con patacones. La pieza es oscura y está llena de moscas.

Qué vamos a hacer ahora, pregunto. El detective dice que no lo sabe bien, que mañana ya veremos. Se quita su traje azul y lo dobla cuidadosamente sobre una silla. Me impresiona ver que tiene la piel del torso y los brazos llenos de cicatrices. No me atrevo a preguntarle nada pero me quedo mirándolo como un idiota. Antes de acostarse en su cama mete el revólver debajo de la almohada. Apaga la luz y nos dormimos.

Sueño que el detective está probándose un traje de terciopelo rojo delante de un espejo. ¿Por qué va siempre tan elegante?, le pregunto. ¿No se da cuenta que con su cara de indio se le van a burlar? El detective me explica que es muy vanidoso, muy materialista. Soy el diablo del materialismo, dice.

Me despierto en mitad de la noche. En el catre de al lado, el detective ronca como un cerdo. Afuera, lo único que se desliza sobre el aire chicloso es el zumbido que despide la selva.

La cuestión no es si me tomo en serio o no al detective, tampoco si le creo las cosas que me cuenta sobre su famoso remedio o sobre mi misión y la llamada. La cuestión es que, algunas veces cuando estoy cerca de él, como ahora mismo, soy capaz de percibir que se trata de alguien acostumbrado al peligro. Alguien que podría hacerme daño con un soplo y que, por alguna razón, desdeña destruirme. Y aunque en el fondo me inspira confianza es obvio que también le temo. Me da miedo y me infunde una forma de respeto que desconocía hasta ahora.

10]

Vamos a desayunar a la plaza del mercado, que está a la orilla del río.

En un puesto tomamos café negro y envuelto de choclo. Suena mi teléfono. No sabía que hubiera cobertura por acá tan lejos, digo. El detective observa que ahora hay cobertura en todas partes. Contesto el celular. Es la fiscal. Menos mal que está bien, dice. Ayer lo estuve llamando pero me saltaba el contestador, estábamos muy preocupados. Le digo que no hay problema, que estoy con el detective. La fiscal me pide que se lo pase. El detective atiende. Escucha preocupado. Se levanta de la silla y camina de un lado a otro. Mhh, dice. Mhh. Se frota los ojos. Ah, bien, bien, de acuerdo. Y cuelga. Vuelve a sentarse. Tenemos que irnos de aquí, dice.

Pagamos y nos vamos corriendo al embarcadero. El detective negocia con unos tipos que aceptan llevarnos en su canoa río arriba por doscientos mil pesos. Es un robo pero tenemos prisa. Por mucho que le advierto que me queda muy poca plata, el detective me obliga a pagar.

Mataron al mecánico, me dice en voz baja cuando ya estamos a bordo. Se ve que el muy pendejo se fue de parranda con la plata que usted le dio.

No sé qué decir.

Después de un rato navegando anuncia, así sin más, que lo único bueno es que la fiscal encontró a mi nana. Lo miro aterrado. Está aquí al lado, dice, al final íbamos por buen camino.

La emoción que me produce la noticia no me dura demasiado. Podría tratarse de otro error de la fiscal, pienso. Otra mujer que sencillamente responde a la descripción, cosa nada difícil por aquí.

La canoa se arrima a un playón.

En un terreno fangoso que la gente le ha ganado a la selva se asienta un puñado de viviendas. A lo largo de todo el viaje hemos visto decenas de caseríos como éste, las casas siempre apuntaladas sobre cuatro maderos.

Las tres mujeres que lavan la ropa en la orilla se acercan a recibir al detective. Lo saludan muy efusivas. Doctor, dicen, qué gusto verlo por acá, visitando a los pobres. El detective les echa piropos. Ahí les traje su remedito, les dice. Ellas se ríen, halagadas.

Entiendo que un indio normalmente no recibiría semejantes muestras de simpatía en una comunidad de negros. Aquí, sin embargo, parecen sentir devoción por el detective. Llegó el doctor, grita un niño. Los perros ladran. Y un gallo, contagiado por la novedad, canta a deshoras.

El detective camina orondo en su traje y se toca la punta del sombrero para saludar a todo el que se encuentra. Sus botas pisan el lodo con decisión. Yo trato de seguirle el paso con mis sandalias de caucho, los pies totalmente enfangados.

Algunos hombres se acercan y le hacen consultas. Llevo días con un dolor aquí, vea, como si me clavaran una puntilla caliente. El detective les dice que no se preocupen, que él trajo mucho remedio. Mañana vuelvo, les promete, mañana vuelvo y hacemos la limpia.

Desde la puerta de su casa, una anciana nos ofrece café. El detective sugiere que aceptemos. Nos sentamos a beber el tinto chirle de la vieja. Ella nos acompaña fumando un tabaco, sin decir palabra, sentada en un banquito.

El detective se termina su taza en apenas dos tragos. Luego me arrebata la mía, que está casi llena y se la engulle también. No sé cómo, si estaba calientísimo. Gracias por todo, señora, dice, que tenga buen día, que mi dios le bendiga las patas y la barriga.

Mientras nos alejamos de la anciana, que sigue fumando y mascullando en voz baja desde su banquito, el detective me explica que es una bruja. Me odia, dice y suelta una de sus carcajadas. Siempre que vengo hacemos lo mismo, me invita a tomar tinto y trata de echarme una maldición. Es una rutina que tenemos. Todo muy cariñoso.

Yo le pregunto por los motivos de la enemistad y él me responde burlón que la cosa está clarísima. Es por la clientela, dice.

Atravesamos el caserío y enfilamos por un camino que se adentra en el monte.

Hoy hace incluso mejor día que ayer. El sol que se cuela entre el follaje pega muy fuerte. El detective se quita el saco. Su camisa blanca tiene un círculo de sudor en la espalda. La selva zumba.

Llegamos a un claro donde se levanta una casita de madera como las demás, parada en estacas.

Junto a la entrada un hombre canoso se balancea sentado sobre una hamaca. Se levanta para recibirnos. Le estrecha la mano al detective y luego me saluda a mí, con mucho menos interés. Es el hijo de la nana. Lo reconozco de inmediato. Nos invita a sentarnos en unos troncos y como nos ve acalorados llama a su mujer y le pide que nos traiga una jarra de limonada. La mujer es mucho más joven que él, quizás no llegue a los veinte años. Hay niños por todas partes. Cuento hasta siete. También hay gallinas y un huerto en la parte de atrás, con yucas, plátanos y otras plantas que no reconozco.

Le traje a un amigo, dice el detective y me señala con el pulgar. El hombre me mira sonriente pero mi cara no le dice nada. Su mamá fue mi nana hace muchos años, le digo.

Entonces comprende.

12]

Unos cien metros por detrás de la casa, en un pedazo de tierra que el hombre intenta mantener despejado de maleza, está la tumba marcada con

186

una crucecita de palo. No hay inscripciones ni lápidas que recuerden el nombre o las fechas.

Claro, dice, cómo no me voy a acordar de usted. Sólo que está muy cambiado.

Le pregunto si se acuerda de la noche en que fui con la nana al parque, donde él trabajaba en el espectáculo de la mujer que se transformaba en simio. El hombre me confirma algunos detalles. Dice no saber nada del hombre leproso que dormía en una pieza del fondo. De hecho dice que no había ninguna pieza del fondo. Igual no me podría olvidar de esa noche ni aunque quisiera, dice. Le pregunto por qué y él se rasca la cabeza tratando de organizar el cuento. Porque ésa fue la última vez que vi a mi mamá en su sano juicio, dice.

A continuación divaga. Me cuenta pedazos de su vida. Todos los trabajos que ha tenido que hacer para sobrevivir. Trato de reconducirlo, pero él necesita contarme lo difícil que ha sido su vida. No se queja, ni pide lástima. Sólo necesita contarlo. Enumera los oficios: barrendero, portero de discoteca, vendedor de lotería, pastor cristiano, ladrón, empleado de un zoológico, embolador de zapatos en un parque. Y ahora soy campesino, dice, desde hace como diez años que me vine a esta tierrita. Y lo que me costó quedarme con este pedacito, ¿oyé? Y no es mía, claro, no es mía, yo no tengo escrituras porque acá todo es propiedad de la comunidad, los títulos son colectivos. Lo que pasa es que yo negocié con la comunidad y ellos al final me dejaron porque la familia de mi papá era de acá. Bueno, por eso y porque acá nadie sabe de papeleos, ni de notarías, entonces yo me ofrecí a ayudarles para que cada vez que vinieran con la hostigadera y a amenazar con sacarnos de acá pudiéramos mostrar los papeles, un papel que dijera que esto es de la comunidad. Mire, el año pasado estaba en el puerto, arreglando lo de los títulos en la notaría. Después de hacer los trámites me fui a comer un helado en una cafetería. Y en ésas estaba cuando pasó una viejita a pedirme limosna. Llevaba tantísimos años sin verla que casi no la reconozco, por dios bendito, casi que no la reconozco. Pero era ella. Era mi mamá. Estaba toda andrajosa, no le cabía más mugre.

El hombre arruga la boca, le cuesta hablar.

No la veía desde la noche esa en que lo llevó a usted a visitarme en el parque. Esa noche, la última, mi mamá lo acostó a dormir a usted y luego se sentó en la mesa a contar plata. Tenía un fajo de billetes. Yo me asusté y le pregunté de dónde había sacado eso, le juro que yo no había visto tanta plata junta en la vida. Mi mamá no contestó, no dijo qué había hecho para conseguirla. Sólo me pidió que al día siguiente lo llevara a usted a la casa de sus papás y luego me dio unos pesos para los pasajes y para almorzar por allá. Dijo que tenía que irse y también dijo que algo muy horrible le habían hecho en la casa del doctor, yo no sé qué sería. Dijo que tenía que irse por un tiempo largo. Tampoco me dijo adónde, mejor dicho no dijo nada más. Por la mañana, cuando me desperté, ya se había ido. Entonces hice lo que ella me había pedido que hiciera y me lo llevé a usted a la casa del doctor. Maldita la hora que aparecí por ahí, vea, señor. Maldita la hora, ¿oyé? De una se armó qué embrolliza, ¿oyé? Qué embrolliza la que se armó cuando lo vieron aparecer conmigo ahí, vea, por dios bendito, qué feo eso, señor. Esa gente me trató muy mal. Muy mal, oiga. Su mamá me dijo que me iban a matar, señor. Su papá, ay, su papá, ni le digo, vea, me agarró a patadas, me dio cuero y como yo hice amague de defenderme, los choferes salieron a ayudarlo y entre todos me dieron pata pura y me reventaron. Yo no me acuerdo bien qué fue lo que hicieron después. Creo que llamaron a la policía. Y yo que pensaba que ya no me iban a pegar más, en la permanente, ay, carajo, en la permanente sí que se me vino la madriza de verdad, ¿oyé? Me volvieron a encender a patadas, me reventaron toda la espalda a punta de bolillo. Me tuvieron allí encerrado tres días enteritos y se iban turnando para maltratarme. Al final me soltaron. Yo no entendía nada. Ni por qué me agarraron ni por qué me soltaron. Nada. Y todavía no entiendo qué fue lo que pasó. El caso es que mi mamá se me desapareció y no la volví a ver hasta el año pasado, en esa cafetería.

Le digo que lo siento mucho. Y él dice que no me guarda rencor a mí pero sí a mi familia. Dice que yo era muy chiquito.

Luego sigue contando. Dice que decidió traerse a su mamá a vivir con él aquí al monte. Yo casi me había olvidado de todo, dice, pero uno tiene que ser agradecido y responder por la gente de uno. Mi pobre mamá casi ni habló en todo este tiempo que estuvo acá con nosotros. O sea sí habló, cómo le digo, ni explicó, ni nada. Hablar hablaba, sólo que nadie la entendía. Ayudaba a mi mujer en lo que podía y era buena con los muchachitos. A veces yo intentaba charlar con ella, para ver si podía sacarle algo de lo que había estado haciendo todos esos años. Pero no se podía. No se le entendía de tan enredado que hablaba y a mí me daba escalofrío, vea, una cosa que se me subía por el espinazo de oírla hablar que parecía un diablo y la voz era como si tuviera muchas voces, como si un montón de gente hablara por boca de ella. Era mejor no preguntarle nada. Nada, por dios bendito, mejor que no hablara, señor, que eso daba miedo y parecía bien espantoso, vea.

Le ofrezco un cigarrillo. Lo rechaza con un gesto sereno, la mirada perdida. Igual mi mamá se murió tranquila, dice. Descansó y disfrutó de paz. Yo no sé lo que le habrá pasado en todos esos años, pero conmigo vivió contenta al final. Yo quería que ella estuviera bien, que no muriera en la calle.

Por un instante me dan ganas de preguntarle cómo podía estar seguro de que esa mujer era realmente su madre, pero mejor no decir nada. Mejor dejarlo así. Al menos para uno de los dos el asunto está cerrado.

13]

Voy con el detective a pasear por la selva. Le cuento el cuento de la nana, le cuento mis sospechas sobre la identidad de la mujer enterrada detrás del huerto. Él me ignora mientras recoge hierbas que va metiendo en una bolsa. Ésta, me interrumpe, ésta es buenísima para los riñones. Si usted tiene problemas de cálculos tome cuatro cucharaditas al día de esta hoja machacada con panela y verá que se le van en un mes.

Sigo especulando, a pesar de su evidente falta de interés en mi relato. Cuando termino de hablar no se prodiga en opiniones. El detective camina tres pasos por delante de mí y dice que es una historia muy triste, pero que la vida está llena de historias tristes. Luego se queda callado y me mira con el índice en alto, pendiente de los ruidos de la selva.

Nos paramos delante de un árbol gigante que emite un sonido penetrante. Un bisbiseo prolongado.

El detective señala un punto del tronco y dice: mírelo. Luego se acerca y hace un movimiento ligeramente brusco, como intentando atrapar algo que yo no veo. Regresa a mí con algo entre las manos. Cuando abre las palmas veo un insecto pequeñito parecido a una polilla.

Este animalito, dice, puede poner las alas del color y la textura de la corteza de este árbol y sólo de este árbol. Hay épocas del año en que se juntan millones, trillones encima de un árbol. Lo cubren casi entero. Se camuflan tan bien y se quedan tan quietas y son tantas que uno apenas se da cuenta de que están allí. Cuando sopla el viento es como si el árbol estuviera respirando. Es algo muy bonito de ver.

Suelta una carcajada.

Sospecho que quiere darme a entender algo más.

¿Y para qué me cuenta eso?, pregunto. Me mira irritado. ¿Cómo que para qué le cuento eso?, dice. Para que lo sepa, pues. Vuelve a reírse.

Le pregunto qué vamos a hacer ahora. Tenemos que escondernos una o dos semanas más, dice. Esperar. Luego cada cual por su lado.

Conforme, digo.

El tipo sigue con su catálogo de especies.

¿Ya estoy muerto?, quiero saber.

No, todavía no. Todavía habla demasiado para ser un muerto, dice.

14]

Casi no hemos comido nada en todo el día por recomendación del detective, que dice que el remedio trabaja mejor con el estómago vacío. Apenas cae la noche la mujer enciende una fogata a unos metros de la casa. Los niños nos acompañan alrededor del fuego. Permanecen atentos a los movimientos del detective, que sólo para divertirlos se ha puesto un tocado de plumas en la cabeza e imita el silbido de los pájaros mientras agita un puñado de hojas secas con una mano. Podría ser el payaso o el mago de una fiesta infantil. Los niños se ríen a carcajadas.

Sobre una mesa chiquita hay una botella de plástico, sólo que en lugar de Coca-cola, como anuncia la etiqueta, contiene dos litros de un líquido marrón que emite súbitos destellos anaranjados y verdes.

El detective nos ordena que hagamos una fila. Uno a uno, incluidos los niños, vamos pasando frente a la mesa y bebemos un vasito del líquido marrón. El líquido marrón tiene un sabor muy fuerte, casi nauseabundo. Una podredumbre dulzona y amarga a la vez.

El último en beber es el propio detective.

Nos volvemos a sentar delante del fuego. Nos quedamos en silencio. Pasa mucho tiempo. No sé cuánto. Mucho tiempo entre el chasquido de las brasas. El calor del fuego reverbera sobre mi cara. Es una sensación muy agradable.

Poco después los niños empiezan a vomitar. Uno de ellos arroja lombrices. Se le salen hasta por la nariz, por el culo. Los niños se ponen a llorar y el detective tiene que acercarse a ellos para que se calmen. Los acuesta en el suelo. Les masajea los brazos y las piernas.

De repente la imagen del detective, con su traje completo y su tocado de plumas y sus botas me hace reír. Una risa incontenible. Una risa que me sale de muy adentro, risa vieja, guardada allí adentro vaya a saber desde hace cuánto. El sonido de mi propia risa me da más risa. Se me cierran los ojos por la presión de la carcajada y cuando los vuelvo a abrir veo al detective que me mira con su cara de ídolo de piedra, su ridículo traje tan elegante y su tocado de plumas. La risa se multiplica.

No llore, me dice el detective. No llore, ríase. Entonces me doy cuenta de que estoy llorando y no riéndome como yo pensaba.

Siento una pesadez horrible en el estómago, como si me hubiera comido algo muy pesado, una vaca entera. Me levanto de mi sitio frente al fuego y me alejo unos metros, casi hasta llegar a la orilla donde se acaba el claro y empieza la selva. El vómito se siente como una forma más profunda del llanto. El desahogo es radical y duele. El vómito es de colores. Veo los colores a pesar de que la noche es muy oscura. Comprendo que está a punto de suceder algo impensable. Terrible y hermoso. Me doy la vuelta y veo la hoguera, a la gente sentada alrededor, veo la selva que lo envuelve todo con su ardor y sus voces. Algo impensable y emplumado ulula en el follaje. Los colores y los detalles del suelo, las piedras, el barro, las ramitas, todo se acentúa y forma un patrón ordenado. La impresión de belleza me sobrecoge. El aire parece de chocolate. Miro mis propias manos, que alumbran desde adentro. Las palabras se trepan encima de las palabras, se camuflan imitando la superficie de las palabras. Vuelvo a sentir la presión de las carcajadas. La risa es un viento fuerte que primero acaricia y luego hace volar las palabras. Me río. Me río. Me río con mi risa de niño pero no sé si estoy llorando. No llore, me dice el detective al oído, pero el detective está muy lejos para hablarme al oído. Canta. De pronto entiendo que el detective está cantando. La melodía llega desde la cabeza animal del detective que canta junto al fuego. La canción es un caminito hecho de puntos, líneas cortas, silencios. Siga los puntos. Métase por ahí, por el caminito. No llore. Siga los puntos. Cierre los ojos y no llore, no se me pierda. Camine por ahí. La cabeza del animal canta. Ha llegado el momento de despedirse. Adiós, adiós a todo esto. Adiós a todos. Adiós. Sopla el viento. Adiós, adiós, amigos. Que nos lleve a todos, que nos lleve. A la una, a las dos y a las tres.

15]

Abro los ojos cuando el amanecer empieza a clarear por encima de las copas de los árboles. A mi alrededor, como gusanitos, los bultos irreconocibles de las otras personas. El fuego debe de haberse apagado hace rato. Entre la ceniza humeante todavía arden las brasas. Meo largo y tendido sobre el tronco de un árbol. La selva lleva trabajando toda la noche, sin descanso. Siento como si me hubieran abierto el cráneo con un fórceps, pero no hay dolor. Sólo el alivio que queda después de una presión muy intensa.

En la baranda de la casa veo una hamaca que se balancea suavemente.

Me acerco creyendo que se trata del detective. En la hamaca no hay nadie, pero ciertamente se estaba moviendo, así que su ocupante no debe de andar muy lejos.

Del fondo de la casa sale la mujer.

Sonríe y me saluda en voz muy baja, como si intuyera que hay algo que podría perturbarse con la voz humana, algo que podría salir espantado si no lo acechamos. Me pregunta si voy a tomar tinto. Asiento con un movimiento de la cabeza. La hamaca sigue meciéndose sin aparente intervención del viento.

La mujer vuelve con una taza de café recién colado que huele mucho a leña. Nos sentamos en el suelo.

Hoy va a volver a llover, susurra ella mirando las nubes. Dicen que medio país está inundado.

Una gallina picotea en el suelo.

Cuando llueve mucho por allá se quejan, dice, pero aquí tenemos diluvio siempre, todo el año.

Luego me pregunta si he visto al detective. Anoche, dice, en medio de la toma, el doctor se metió al monte y no ha vuelto a salir. Como una bestia.

Con la mano hace un gesto enérgico en dirección a la selva.

No lo he visto, digo.

Entonces ella se levanta y dice que se va a cortar unos plátanos para el desayuno. Se pierde al fondo de la casa y me deja solo en la baranda.

La luz blanda se abre paso poco a poco. Alrededor de la ceniza los gusanitos se retuercen en el pasto cubierto de rocío.

La hamaca ha dejado de mecerse y la gallina sigue picoteando. De entre el follaje todavía oscuro surge de pronto la figura del detective.

Se acerca a las cenizas. Atiza las brasas con un palito. Luego se acuclilla delante de uno de los gusanitos y se pone a gesticular. No alcanzo a escuchar lo que hablan.

Pronto todos los gusanitos se arrastran en torno al detective, que parece estar contando algo muy interesante. De vez en cuando se escuchan algunas risas, pero ninguna resulta estridente o molesta.

En ésas vuelve la mujer con los plátanos verdes recién cortados. Tiene la frente llena de sudor por el esfuerzo. ¿Ya volvió ese sinvergüenza?, dice y se mete a la cocina a freír los plátanos.

El detective se acerca a la casa. Me sorprende ver que está descalzo y tiene los pies totalmente embarrados. Salvo por los bajos de los pantalones, tiene todo el traje tan limpio como siempre.

Quiubo, susurra. Y se recuesta en la hamaca.

Le pregunto dónde estaba. No sé, dice, me perdí. ¿Y usted? ¿Dónde andaba?

Aquí, digo, yo no me perdí, creo.

Se rió mucho ayer, dice, mucho. Se rió hasta que se cagó encima. Tuve que limpiarlo, lavarlo con agua y jabón.

Le doy las gracias, algo incrédulo. No sé si habla en serio.

Cierra los ojos y se balancea en la hamaca, canturreando muy bajito, a medida que los ruidos de la mañana se van aposentando.

Las amplias hojas de un árbol gigante gotean sobre las ramas de los árboles más pequeños. El ruido se me cuela garganta abajo, hacia el pecho.

Todavía muy aturdidos, trastabillando, los niños y el hijo de la nana vienen a desayunar a la baranda.

A duras penas hablamos mientras comemos el plátano frito con café. Nos limitamos a mirarnos a los ojos y a sonreír fugazmente. Le acaricio la cabeza a uno de los niños, que parece muy afectado y tiene la piel amoratada. El niño levanta la mirada y me pregunta si se va a morir. No sé qué responderle. Nadie acude en mi auxilio. Las caras vacías, cada una trabajando en lo suyo. La sonrisa indescifrable de la mujer. El detective que canta con los ojos cerrados y se mece en la cama, indiferente. La ceniza, el hilo finísimo de humo.

Un animal de la noche pasa volando por encima de la casa, huyendo de la luz que ya le pisa la cola.

A nosotros no nos mata nadie, le digo por fin con tono de chiste. No nos mata ni el putas.

El niño no tiene fuerzas para seguir preguntando y prefiere comerse su plátano en silencio. El tacto áspero de su cabeza en mi mano. Y yo pienso rabioso, casi masculло que no nos mata nadie, no nos pueden matar, no pueden, por mucho que intenten acabar con nosotros. A nosotros nos protege el diablo. A nosotros no nos mata ni el putas.

dizque un negro le dice al otro dizque le dice negro y entonces el otro negro dizque le dice negro ve sacate por negro y el otro le dice negro vos negro hijueputa y el otro negro dizque le dice **dizque entonces qué negro sacate y el otro brinca y se saca y le dice le dice le dice dizque y no pues este man tan negro y tan picado y con esos zapaticos tan blancos y tan chéveres** Mamita frótame con Vaporub MI NENA ME RUEGA siempre que coge un resfriado escribe la señora Baker La complazco y al **otro día el resfriado ha desaparecido** BIENVENIDA **Procedente de Bogotá y de paso al puerto de Buenaventura** adonde va a encontrar a un familiar que regresa de Europa se encuentra en la ciudad el apreciable caballero bogotano **Cesáreo Pardo acompañado por su señora madre doña Elisa de Pardo y de su señorita hermana Mercedes dizque le dice ve negro vos que sos más negro que**

yo comé mierda negro y el otro le dice dizque
*subite al plato negro Nos es grato saludarlos aten-
tamente Aparece hoy en Cali el cuarto número* **que
se publica en esta ciudad de la revista Lecturas
Este número del admirable magazine viene
dedicado a la excelsa poesía nacional La portada es una bella alegoría del joven** *dibujante
Pérez Mejía que tiene ya ganado un nombre en
estas actividades* CEMENTERIO *pasa la bruma
pudorosa entre las piedras talladas para que los
nombres salten se confundan Ya* **nuestros recuer-
dos de los muertos desperduran en ese otro sueño de polvo más antiguo Memoria sin memoria
Flota ociosa de barcos fantasmas** AGASAJO
Comé mierda Subite al plato *Dizque había un
negro que la tenía tan larga que le dijo al otro dizque
echate vaporub negro porque te va a doler hasta el
pecho Cesáreo Pardo apreciable caballero bogotano montaña de huesos osario de camino al puerto
para ver pasar la flota de barcos fantasmas adonde
va a encontrar a un familiar que regresa*